滇黔道上

李霖灿 著
[加]李在中 编

北京出版集团
北京出版社
·北京·

代序

沈从文

三年来，战事摧毁了我国东南沿海若干都市，却促进了西南数省的发展繁荣[①]。川康[②]黔滇四省，无事见不出进步与朝气，若干国立大学和几万学生向内迁移，在黔滇两省将来的影响，是可以想象得到的。公路和铁路的兴修，公私工厂的迁移，国际贸易出口的集中，更见出这两个远处西南的省份，地位已一改旧观，而成为非常重要的省份。

对于这两个省份（尤其是云南）做种种专门考察的，个人或团体，实在已相当多，很可惜，这类报告或因性质过于专门或与军事有关，报告一时无公开可能。即就旅行两省，所见所闻，如新闻纪实作品，亦不多见。黔滇公路部分，有钱能欣先生写一本书，似随西南联大步行团由湘到滇，沿途见闻记载，黔滇线有陈碧笙先生在《云南日报》发表的几篇文章，给读者印象也很好。又联大教授曾昭抡先生，写了一本《也缅日记》[③]，写得也很好，可惜这些文章至今尚未印成一本书。又《大公报》记者萧乾，也写了一本《滇缅考察记》，注重在滇缅修筑中的种种情形。

---

① 本推荐序写于1940年，1937年7月7日，日本发动七七事变。

② 康，即西康省，旧省名，在中国西南部，包括四川省西部及西藏自治区东部地区。

③ 原稿作“滇缅游记”。

本书作者李霖灿先生，因为习艺术，年富力强，特具寻幽探奇兴趣，与三个同伴由湘西步行到达云南，后尚有余勇可贾，个人又独自从昆明出发，向西行进，过大理，入丽江，转中甸[1]，进而绕行大雪山四次后，还有壮志雄心向西藏探险，日来或已在入藏途中。

虽本书所记载多注重在景物风俗，然兴趣广博，腰腿健劲，所见所闻，自然也就特别多。如对于黔省几十个大小洞穴，便有些极美丽惊险动人的描写。对于云南，作者愿心尤宏，且思就徐霞客足迹所未达各地方一一走去，因此更有许多崭新发现，如对于点苍、鸡足、玉龙诸山风景的叙述及中甸一带僧侣组织、社会风俗，都记载得特别引人入胜。作者既习艺术，速写插图也很美丽，书中各文在《大公报》《东方画刊》《今日评论》《平明日报》分别发表时，给读者印象即很好。这本小册子的编印，对读者可说很有意义，只可惜本书编印时，尚有若干篇章未曾收入，插图制版不能表现原画优美处，有些图版为横置，又未注明图版性质，未免美中不足。本书只注明港币二角，似特小，为在香港读者便利而编印。其实这本书最好的读者，应当是万千在西南公路线上的旅客及居住西南各地服务，却对于当地山川名胜、风景人情十分隔膜的外来人。对他们，这是一本最好参考书，作者的文笔相当优美，对于地方风景特征描写尤具特长，插图又不少，若与最近书店印行同类书籍比较时，实应当算是写得最好的一本小书。

1940年

① 中甸，旧县名，在云南省西北部，2001年改名香格里拉县。

“人是路走出来的”

李在中

老爷爷很喜欢登山健行，一日带着小孙子去爬山，入山深了以后，山径开始变得狭隘，野芒丛生，加上藤蔓交错，荒芜蔽径，不易识别，小孩有点急了。

爷爷，前面快没路啦！走不得了，怎么办？

没什么好怕的，没有问题，勇敢地走吧，路是人走出来的！

噢！路是人走出来的……路是人走出来的……

回到家来以后，妈妈问，今天爬山好玩吗？小孩因为不懂其意加上记不清楚，就说：

今天爬山可好玩了，走到没路了，都不要紧，因为爷爷说“人是路走出来的”。

爷爷一听高兴了，说：

谦谦这个“人是路走出来的”话，还说的是真有深意噢！

这是多年以前我父亲与我儿子祖孙之间一段爬山的故事，觉得用来做介绍本书的开场特别有趣，因为这是一整本都在讲“走路”的书。

《黔滇道上》最初是1940年在香港由《大公报》出版的，内容分成两个部分：主要的部分是记录我父亲与艺专同学夏明、李长白他们一行三人从贵阳出发徒步前往昆明的一段经过；第二个部分就是四篇有关滇西北风情的文章——《洗马塘》《大理清碧溪》《丽江随笔》《古宗艺术之初步考察》。这四篇看似游记，但其实都是为国立艺专“边疆艺术考察团”所写的调查报告的一部分。

此次的再版与原始版本不同的是，另外增加了三个部分：第一是加入了整段由贵阳步行到昆明的日记，这是当年书写本书的原始素材，与书的内容相对照来看，感觉是更为直接也更为丰富。第二是加入了《贵州的苗民》及《西南洞天》这两篇在这次黔滇旅途中的观察所得，因为当时是发表在《今日评论》上，而不是《大公报》的副刊，所以后来也就没有收录在《大公报》出版的这本《黔滇道上》上，后补入一篇《莲花洞——龙里》。第三是加入了《中甸十记》，这也是“边疆艺术考察团”报告的一部分，当年也发表在《今日评论》上，后来还曾出版过单行本。

回到前面一再提到的“边疆艺术考察团”这个话题上，这个考察团是由当时艺专校长滕固先生主导的，虽然规模很小而且所知者甚少，但却是我父亲一生志业的开始，是他一生从事民族艺术研究事业中浓墨重彩的一笔，对他有着无比重要的意义，因此晚年回顾平生时，在一篇名为《高原之歌》的文章中特别加以着墨：

学校迁到了昆明之后，校长滕固先生对边疆艺术慧眼独具，颇想对南诏的宗教艺术有所探讨，因为他是《唐宋绘画史》的著作人，在德国留学时就对中国艺术史胸怀大志，如今身在苍山洱海旁边，就想到要派人前往试探一番。

我立刻就约下了两位好友，计划了一条考察路线，由昆明而大理而丽江，名之曰“边疆艺术考察计划”，由邱玺学长负责图案、俞鹏负责音乐，我则负责图画文字，向学校提出了经费补助的申请。

滕固校长对这项申请十分重视，把我们叫去详加讨论了一番，还加上不少他个人意见的指示，临出门时又把我叫住，对我说：董作宾先生是我的老朋友……对啦，他也是河南人，你去中央研究院拜望他一回，看他有什么见解，龙头村在乡下，这里有他的地址，你不会嫌远吧？

那时候年轻力壮，二三十里路不在话下，次日我就拿着速写本子一面哼着歌就到了松花坝，还在龙头村口画了一帧速写，就见到了这位当代闻名的甲骨文专家。

他才从天文研究所高平子先生处回来，在那里他们核定了一个商朝日食的正确时间，历史与天文密合无间，心下得意非常。听到说我要到丽江去，便告诉我那里有一种图画文字，很有供甲骨文做参考的价值，因为甲骨文在文字发展史上已经很成熟了，许多字源都迷失遗忘，正好可以用纳西[1]族的图画文字来做参考资料。

我对着这位古文字学大师，意气飞扬地打下了包票，因为我会“图画”，艺术学校的六年基本训练，虽不能画山是山、画水是水，但是我

① 纳西族，旧称“么些”，在本书中两种称谓均有使用，为尊重作者写作习惯，本书不做统一。

心下笃定不疑，一定能画鸡是鸡、画狗是狗，绝不至于“画虎不成反类犬”也。

大约也正是我这股笃定不疑的“莽撞”之气感动了董先生，他进城时就把兹事大有可为的说法传递给了滕固校长。记得是两个礼拜之后，学校就批准了这项计划，而且随即拨下了经费催我前去支领。

事到临头，邱玺和俞鹏两位学长都因事故不能前往，校长把我叫到办公室，仔仔细细地交代了一番，临走时，说道：他们不能去，这经费全归你，可以多做一点工作，希望这是一个良好的开始。

1939 年 4 月 27 日，我父亲就在“迢遰榛莽路，关山我独行”的决心中勇敢地离开了昆明，直指西北，走进了横断山脉。这是他第一次正式的人文调研工作，充满了激情与憧憬。四个月后，父亲于 8 月 24 日回到学校提交考察报告。在昆明停留两个月后，难忘这片壮丽的河山与丰饶的文化宝藏，他再度回到金沙之滨、云岭之下的横断山脉，以丽江为基地开始潜心研究东巴文化，一去四年，直到 1943 年 11 月才回到中央博物院所在地四川李庄。

对滕固校长提携的恩情，我父亲终生不忘，因此在 1987 年出版其经典名著《中国美术史稿》时，开卷第一页就写道：

谨以此书献给滕固校长！

从人生的轨迹上来看，这段滇西北的调查工作实际上是他自抗战军兴，跟着学校从杭州出发经诸暨、贵溪、长沙、沅陵、贵阳、昆明一路走向西南，磨砺自己、蓄力以待的终点，也是鸿鹄展翅、翱翔高飞的开始。因此，在年逾古稀，桑榆暮景的回忆中，对这一段“双足丈量西南江山”的经过感慨甚多，也颇为自豪，他说：

我为了多了解山川文物，就下定决心步行走向西南，穿过江西、湖南、贵州苗区内地，而有了中国之美在边疆的感慨！这种历练各地风土人情，放眼自然之美的感受，都不是从书本知识上可以获得，而必须建立在一步一脚印的基础上。

从后来发生的事都看得出来，这一路数千公里的步行不但锻炼出了父亲坚强的意志、强健的身体，也孕育出了冒险进取不畏艰难的精神与极端爱国的情操。这些在后日终身事业的选择上，发挥了决定性的影响。从当年父亲日记中的记载所述，在从学校毕业后，在职业规划上有四个选择：最轻松的是留在学校；其次是可以跟着庞薰琹老师去苗区研究艺术；或者跟着常书鸿老师去西北工作；最困难的是独自去丽江研究纳西族。

最后的决定是走了一条最艰难、最没有把握的路，他说：

多我一个不多，少我一个不少的事业，在我看来不容易有发展，不如不做，还不如到边疆去闯个名堂！男儿不是应该志在四方吗？记得当初我决定入山时，有人说我胆子太大，或觉得苦不堪言，但我却觉得自得其乐！我一开始就是一个人默默地耕耘，不但学会了他们纳西人的语言，简直就像他们的人一样了，就是这样一步一步地两年以后才引起学术单位的注意，也就是这样走进了学术的研究工作。

孔子说：“不患人之不己知，患其不能也！”推荐我父亲加入中央博物院的关键人物曾昭燏先生就是看到了这个“冒险犯难，不畏艰难，去边疆闯个名堂”的勇气，才向当时中央博物院筹备处李济先生推荐了我父亲，在其推荐信中就特别提道：

李君学问根柢或不甚深，然其冒险精神，在现代一般人中，百不得一，而又肯研究，肯从善言，将来必定有成，博物院得此等人必不为无用也，为念人才难得，故为陈恳，乞恕冒昧……

加入中央博物院是父亲一生志业的关键所在，有了专业的指导与充裕的研究经费，终能在抗战期间完成其“读经八千，跋涉万里”的纳西族研究，后来回到李庄出版《么些象形文字字典》《么些拼音文字字典》两本纳西学研究的奠基之作，晚年以出版《么些研究论文集》一书从一而终。

有关走路的饱富哲理之语、睿智之言在东西方的文明史上其实也屡见不鲜，两千多年前，中国伟大的思想家老子就讲过：

九层之台，起于累土；千里之行，始于足下。

后来荀卿在他的《劝学篇》里也有过一句话：

不积跬步，无以至千里；不积小流，无以成江海。

“德不孤，必有邻！”在西方，古典乐派大师贝多芬也是懂得走路散步的大家，他跟朋友谈起创作《田园交响曲》的过程时说：

我就在这溪边走路时，树梢上的黄鹂、夜莺和我一起来写曲。

当代哲学最具影响力的哲学家尼采也说过：

所有真实伟大的想法都是与走路相伴而生的。

这些东西方哲人对走路的看法，在思维上的横空交错、“灵山一会”给了后世无比的激励，鼓励我们每天脚踏实地地走好每一步。我觉得这本讲述走路的小书其真意也在于此，走路不但能增加见闻，开阔视野，也能移情转性，丰富人生！

千里之行，始于足下！谨祝诸君足下生风，走为上招！

写于安河

2018年 孟冬

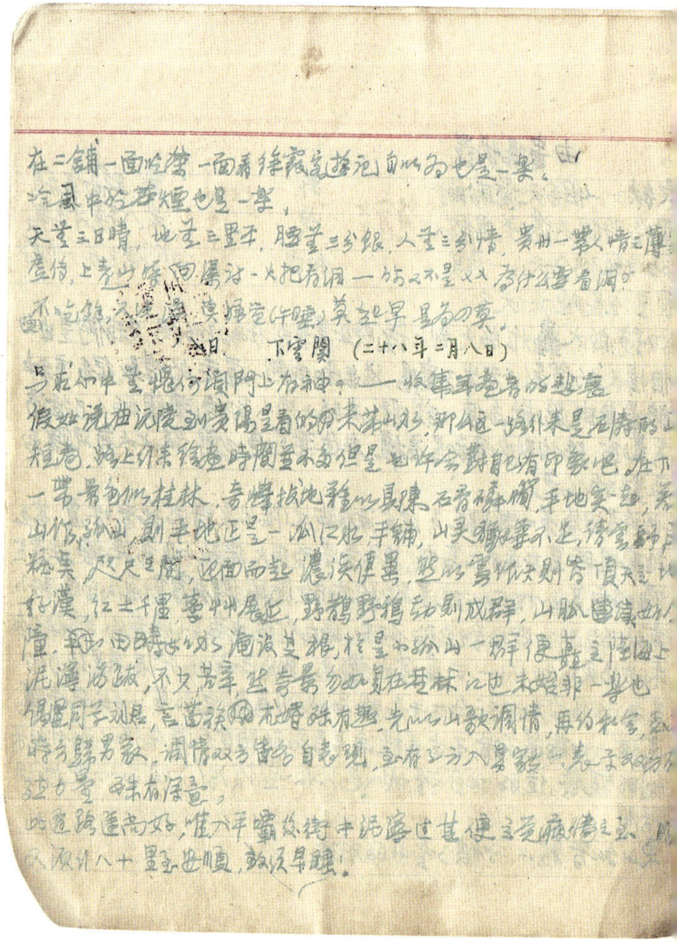

黔滇道上·李霖灿日记

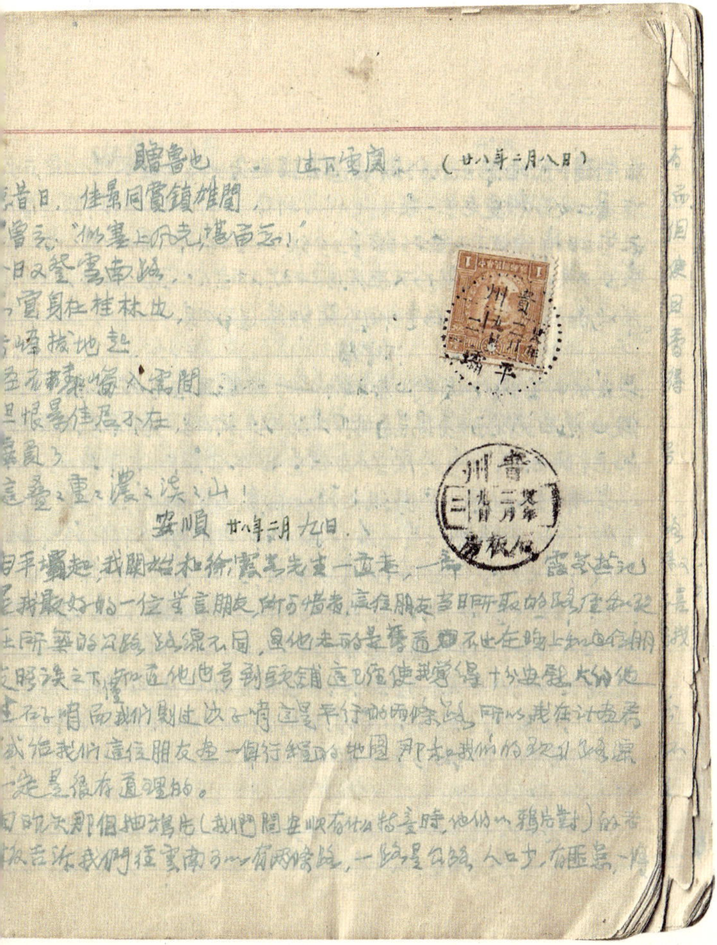

贈魯也　　过下雲関　　（廿八年二月八日）

昔日，佳景同賞鎮雄関，
曾云：“似塞上风光，堪留念！”
今日又登雲南路，
□實身在桂林也，
奇峰拔地起，
□在□□入雲間，
但恨景佳君不在，
舉頭了
這疊疊重重濃濃淡淡山！

安順　廿八年二月九日

自平壩起，我開始和徐霞客先生一道走，一部霞客遊記是我最好的一位嚮導朋友，……

一定是很有道理的。

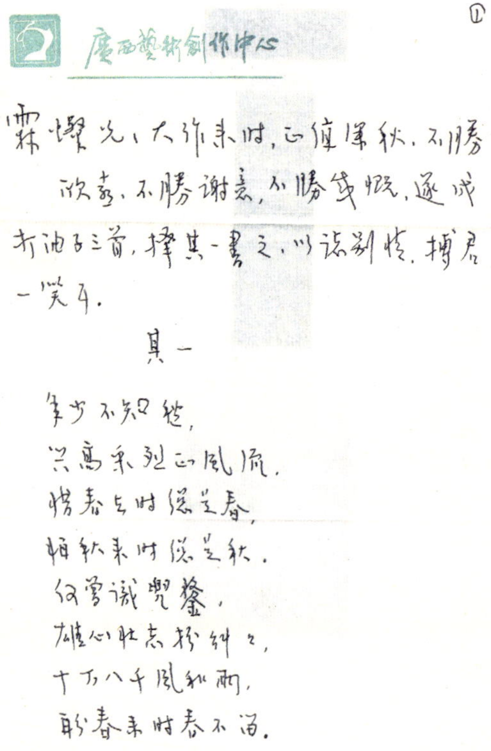
①

廣西藝術創作中心

霖灿兄：大作来时，正值深秋，不胜欣喜，不胜谢意，不胜感慨，遂成打油子三首，择其一书之，以志别情，博君一笑耳。

其一

年少不知愁，
兴高采烈正风流。
惜春去时总是春，
怕秋来时总是秋。
何曾识兜鍪，
雄心壮志犹纠纠，
十万八千风和雨，
盼春来时春不留。

1988年刘鲁也赠李霖灿诗

目录

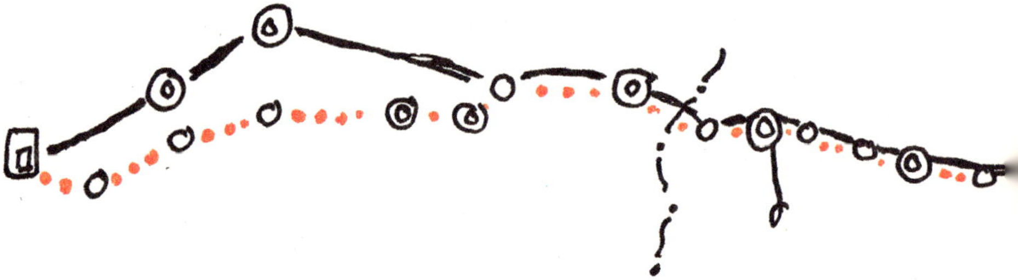

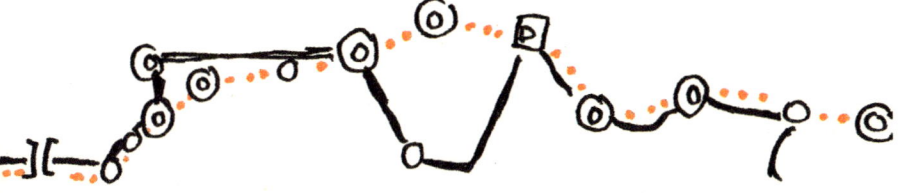

民国二十八年（1939）2月4日

早晨

贵阳例外地有一个晴朗的天气

未见得是好预兆

警报声响……

黔滇道上

民国二十七年（1938）冬艺校由沅陵迁往昆明，霖与好事者六七人组织一宣传队徒步前往，于12月3日离沅陵出发，30日抵贵阳，以过寺前铺遇匪为最惊险，湘西土匪面目借以认识。在此处停留两个多月又徒步出发赴滇，过贵州省沿公路各苗区于民国二十八年（1939）3月3日安抵昆明。月余遂又做大理丽江苗夷艺术考察之行。

此当日之团徽也，三角形为山，横纹者是水，书本、画笔、画板则表示途中作画兼作文字之意，双脚为步行之标识，一旁作连锁之白线者则由沅陵经贵阳至昆明之路线也。

大火中由贵阳出发

民国二十八年（1939）2月3日起，贵阳举行防空演习三天，“也许明天日本就要来轰炸我们”的标语贴了满街。

4日早晨，贵阳例外地有一个晴朗的天气，未见得是好预兆。警报声响，大家心想也许是演习，却明明有大队重轰炸机的隆隆声，四边山上的高射炮都怒吼起来了。望着市中心区几股冲天的浓烟，使地下的太阳光都变成红色，每一个人身上也都蒙上一层红色，由黑烟中生出可怕的火苗，

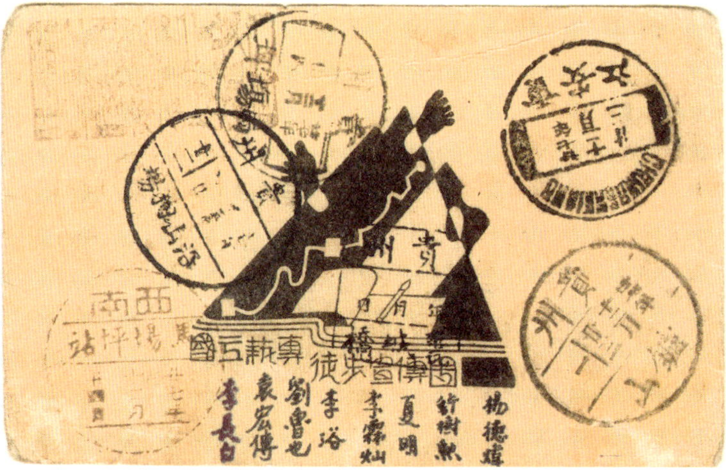

邱玺先生设计国立艺专徒步宣传团团徽，其旁邮戳为每站到达时间

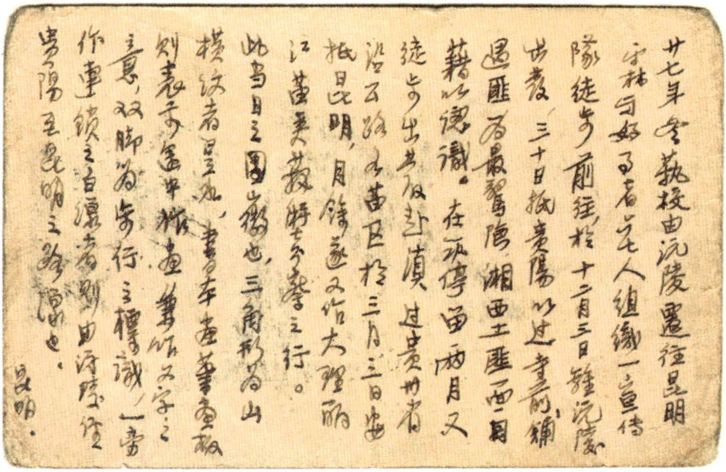

廿七年艺专校由沅陵迁往昆明
霖[illegible]同好者廿七人组织一宣传
队徒步前往，于十二月三日离沅陵
出发，三十日抵贵阳，以过[illegible]前镇
过匪区最惊险，湘西土匪面目
籍以认识。在筑停留两月又
徒步出发赴滇，过贵州省
沿公路而西，[illegible]于三月三日安
抵昆明，月余后又作大理丽
江[illegible]之行。
此为团之团徽也，三角形为山
横线为公路，其中本[illegible]画板
则表示[illegible]文字之
意，双脚为步行之标识，一条
作连续之白线为[illegible]由沅陵经
贵阳至昆明之路线也。
昆明。

李霖灿先生到达昆明后在团徽背面写下步行的大致经过

日本果然趁着我们进行防空演习的时间来轰炸我们！

贵阳最繁华的大十字①一带全毁了，火在向四面延烧，四面八方的人都跑向新城的铜像台来，旷野场一堆堆的人，一堆堆的箱杠，每一堆就表示这是一个“家”。

一个老太婆在哀哀地哭，旁边那个青年人紧闭着嘴唇，眼睛红红地看着躺在地下的老人——满身都是血，直挺挺地躺在那里，脸上蒙了一块布。这，是一个“家”。

母亲拉着两个小孩子茫茫然在站着，大一点的小孩拉着母亲向前走，不懂事的弟弟固执地把母亲向后拉，一只小手指着一片火光的大十字那里：“我要回家！我要回家！”那里，也有一个“家”！

草地上靠电杆边寂寞地躺着一个小娃娃，黄蜡般的肚皮上赫然是机枪子弹穿过的洞，是他母亲把他由轰炸中、火烧中、挤压中抢出来的，一直到这里才看出她抱了那么长久的，原来是一个死了的小娃娃，母亲虽然走了，小娃娃躺在这里。这，原来也是一个“家”。

抗战不久，我们便开始由杭州走向后方，沿途都是在轰炸中度过，但是看到的以这一次为最惨。到清镇的一路上都在想，应该在这个炸成了的瓦砾场上来一个隆重的阅兵，或者给这断了的墙头上都写上“我们会再建设起来！”的字样。

---

① 1939年2月4日，日机十八架轰炸机给贵阳带来毁灭性的灾难，贵阳大十字地区为重灾区。

4日轰炸起的火，因贵阳水源缺乏，6日时还有残火在角落里熊熊地烧。7日我们从给火烧焦了的断墙残垣中的瓦砾上走过，和许多受难的同胞默默地离开贵阳，向前进发。

平坝附近的石林景色

景色是要以图画表现的！我们愿意徒步的原因，有多一半就在可以多画一点画。在到清镇的路上，便看到上面蒿芝塘边的石林怪状，这只是一个开头。

蒿芝塘附近的石林（李霖灿手绘）

比自己来画还重要的，是我们可以看到不少的山水云烟变化，这天然的画本，在下云关一带从特殊的石林和拔地而起的奇峰，达到“神品”的境界。可以这样打比方，假如说我们由沅陵到贵阳，一路上看的是米家山水，那无疑的这一带的景色却是石涛上人的山水册页。老实说，在未看到下云关这一带景色之前，对这位大画家的真实性，还多少有点怀疑呢！

我未曾到过桂林，但是我理想中的桂林正是这样。奇峰异峦都矗然拔地而起，有的石骨嶙峋，瘦得可怕，有的苍耸翠连，戴了一顶绿绒帽子，若把这些突起山峰当作小孤山看，那再好也没有了，平铺的田畴正是一片陆海。

山灵还觉得不足，再邀云雾来装扮，于是咫尺之间层层叠叠地分出那么合宜的浓淡，谁能用出这么好的墨色？

安顺附近奇石（李霖灿手绘）

假如把云雾当作天，那这一群奇峰便个个是顶天立地的好汉。下面是一望无际的红土地，黄色的蔓草沿着向远处爬过去，野鹊野鸭一群一群飞上去飞下来，这是一个大手笔才能表现的异景。由贵阳过清镇平坝，这一带公路本就不好，又加上泥泞更觉难走。然而奇景如画，好像自己忽然身在桂林江边，便也不觉怎么辛苦。于9日下午就到达这次行程中最大的城市——安顺。

安顺

由平坝起，我开始和徐霞客先生一道走，一部《徐霞客游记》，是我最好的一位无言的朋友。遗憾的，只是这位朋友当日所取的路径和现在的有些不同，不能仔细参证。然而，在行进中吃茶休息的时候翻看两页，便觉得很是个味儿。到安顺的当天晚上又知道他也曾走过头铺，更觉得彼此亲切得很。

徐霞客画像

安顺城有一个很好看的外表，街道整整齐齐地全是用大小石块砌成，市面也很繁华，在贵州省有“经济上的贵阳”之称。城外满是极肥沃的泥土，一望无际的菜蔬麦苗，显示出它的富庶。我相信，假如贵阳不是遭这次惨炸，安顺城中恐怕难嗅到一点战时的气味。

现在不同了，我们到安顺的当天晚上，县党部就在讲防空，街上也满是防空的标语，不过安顺当局防空的办法倒是很奇怪，不放警报，而是要人民看天色自动外出躲避，于是安顺便几乎等于每天在警报中。

研究苗夷的人，时常以安顺为中心。安顺的苗夷的确是多在城厢附近的，占全人口的百分之四十。在外区的，就每每在百分之八十以上。很乐观地，这里的苗人汉人彼此之间的感情很好，不再像镇远、施秉那一带那样相互猜忌。因为全是务农的关系，除了苗人有保守一点特殊的习俗和服装外，一切都在向汉化的途中迈进，就是服装，也曾有一度被汉化过。

七七事变以前，杨森氏的军队驻扎安顺，因为他在滇边一带，看到英国人深入当地的苗夷间收到很大的效果，深有感触，便由他的二十军的政训处办了三个“中华小学”，专意收容苗夷子弟，一切用具服装都由校方供给。一时苗夷子弟都来入学，那些以奇特艳丽著称的苗家女郎，也脱下自己原来的服装换上了汉服。

夷汉通婚的问题我们非常注意。杨森氏也曾有一种奖励的条例，

安顺附近的苗族妇女

如果夷人和汉人结婚，每一边都赏洋一百元。所可惜者，抗战一起，杨森氏军队他调，这奖励条例也便停止了。中华小学由县政府建设科接办，因经济力量关系也不再供给服装。

工作，尤其是关于通婚的问题，政府应该有一个统一的奖励条例。苗人应该是自由恋爱的始祖，他们的婚姻，完全不用父母媒妁来帮忙，全靠各人的真才实学，那就是唱歌的本领。在赶场（北方叫集，云南叫街，广西叫墟）的场上，在田野中，男苗看中了一个女的，便开始唱歌，这是全世界的定律，当然是以歌颂对方的美丽开始，女方这时虽然是不理会他，但是她也是在细细地听，要由歌词旋律中看出对方的一切，男方再唱下去，诉说出自己爱慕之深意。这时候，女的背向对方，总是先给他碰一个壁，然而她开口了，不过，唱的总是“不要纠缠不已，我要我的哥哥来打你……”这一类拒绝的歌词。假如她真的不喜欢对方，恐怕不会有回答，男的便再固执地继续唱下去，假如歌词巧妙果然能打动了对方的心，女方的回答也就跟着来了，两人的距离也就越来越近。最后，便坐在一起一唱一答，每每把家中的几条狗、几头牛都唱了出来。听说女方每每以问题难倒对方，大有苏小妹三难秦少游的情味，不过这从头到尾都是歌唱的。试问，全世界哪里有比这更音乐性的、诗意的恋爱！

家长里短都用歌唱完了，双方都认为满意，大约就可以去度蜜月了。不过，一直要到生了小孩子，女的才会到男方苗家去“坐家”。

关于禁烟问题我们也注意。贵州真正不种鸦片还是这一两年内的事，平坝一带，在公路上有很大的横木牌坊，写着“违禁种烟　即处死刑”的大字，使人触目惊心。在安顺，知道自民国二十七年（1938）10月已将所谓“售吸室”关闭，现在因保甲制度渐趋完善，才算是真的不种鸦片。从前“西南周览团”[①]来的时候，当局用的是一种障眼法，将“西南周览团”经过，一眼所及的地方的鸦片统统割去，使他们看不见，假如有一位团员走小路或爬过一个山头，便可以看见山后仍是“芙蓉花开”的世界。

鸦片原是贵州的主要生产，是经济源泉之一，禁烟后贵州更穷了。当局为补救计，正在设法劝他们改种杂粮，如山芋、苞谷（玉蜀黍）之类。这当然没有种鸦片来得利厚，但是，我们希望贵州的同胞为全体着想，忍痛吃几年苦，重新建立一个良好正常的经济基础。

---

① 指1937年的“京滇公路周览团”，其目的是宣传南京政府“统一化”的政策以及增加社会各界对西南边区的了解。

理想的一日行程

“安顺的牌坊，镇宁的城墙”都是有名的。镇宁的城墙，全用大块青石砌成，确实壮观，房顶都是用大块石板叠铺而成；街道也是石板，映着阳光在街上行走，很有大雪中耀得人眼发花的感觉。

镇宁除了有这好看的外观以外，主要的，它还拥有两个妙绝人寰的洞天：双明洞和火牛洞。双明洞是很早就有名的，在《徐霞客游记》上我早已认识它了。但是，我们事前没有探问，洞门是锁着的，钥匙在公路局，不能进去，很对不起徐霞客，只好在洞外画了一张画以补偿这个缺憾。双明洞看不到我们并不后悔，因为火牛洞太好了！没有看过这洞天的朋友，无论如何，请都要来看一下。保证不会使你有一点点失望!

火牛洞的得名很平常，只要解释火牛两个字就够了。火牛就是黄牛，因为它和水牛有对比的关系，此地人都把黄牛叫作火牛。这里阳光太烈，夏天人家都把火牛赶到这洞中去避暑，洞名就由此得来。也许吧！由此渐渐看出这洞天的妙处，到“西南周览团”过镇宁时，又大加修饰一番，才有了一点声名，现在还在开拓中。

火牛洞有一个顶难看的外表，在我所看的许多洞中，火牛洞的洞口是顶顶要“退票”的一个，矮得非低头钻不进去，而且它还一再故意为难呢：天门坎很不好走、鬼门关在后面又拦路，我这样瘦的人，都非得低着头侧着身子才能挤过。然而，请不要着急，只要过得鬼门关，哪还有什么

火牛洞进口处（李霖灿手绘）

困难能挡你呢？于是，洞神也被你征服了，便把真是鬼门关后面才有的奇景，都拿出来给你看，请“喝彩”吧！

雄伟壮丽，应该推洞中大十字一带的通天石柱，难得的是，它那么大，却一点不粗糙，那么细腻地、耐烦地，给它一层层一叠叠加上垂穗流苏，柱中间一定浸润着水，不然，哪里会发出玉石的光泽？大极了，至少有两三个人合抱那样的粗细顶天立地站在那里，两支装油火把的光亮，只能照到二十丈[①]高的样子。然而，这全是由石笋凝成的宝圆塔，在隐约中仍然升上去，那一定是接到黑暗中不知道多高的洞顶上去了，就像新年我们放的礼花爆竹那样光怪离奇。在这里，一点都用不到说，这像什么菩

火牛洞内部（李霖灿手绘）

① 为尊重作品原貌，文中沿用原计量单位。1丈等于3.33米。

萨、这像什么动物那一类浅近的近似比喻。几十根柱子，各以人间没有的姿态挺立在我们面前。

向导虽然告诉我们一些青狮、白象、猴儿扮装、童子拜观音等名称，然而这些横看成岭侧成峰的变化石柱，是万难被一个常与佛教有关的名称凝固了的，还是随我们临时的感觉来领会我们的对象吧！到过雁荡的人都会记得大龙湫边那个大剪，仰看是刀锋，正看是一把要剪白云的大剪，一转眼间，一面吃饱了风的大帆，在青天碧海中要疾驰飞去，变成一帆峰了！火牛洞中的钟乳石柱，比剪刀峰更多变化！

更奇妙变化的要数“牟竹林”，火牛洞以它的天然竹林，傲视人间一切洞天。再也不会有误会，明明是一面文与可亲手画成的雪竹大屏，横着有十丈阔，高也差不多，由火把亮光所及的高处，一片雪白的岩浆，如银丝般一丝丝一缕缕地垂挂下来，应该是原来岩石横脉凸起的关系，这岩浆越流过去，留下许多尖长的空隙，就变成一簇簇的竹叶。是被白雪压倒了的垂叶，随着石脉浆流得随意，雪竹的各种姿势都被神采飞逸地画出来，这一枝宛转得多么有致，被压倒了的一枝又横卧在这里了！另外一枝不服白雪压迫，由于弹性把雪震了下来，你看它昂然震雪的姿态！风在吹，一片片的竹叶都在动呢！我们似乎听到风吹竹叶飒飒作响。向导高举着火把，照在这如白砂糖似的岩浆上，一个一个光点闪来闪去，雪也正在竹林中一片一片地飘落下去。

惊心动魄的是洞里的回声，站在头道阴潭边我们的向导时常发出似鹰鸟锐声的怪叫，洞恰好像一个石函，下面又是一潭止水，你听那声音真的在空中飞过去，划得空气都在作响，可以听到一支长箭飞到前面的石壁上了，又折了回来，于是四面的声音都合拢来了，比原来的声音还大，得四五分钟才能恢复了洞的安静，渐渐又听到洞中的水，各处在径下很响亮地滴了！

找一块大的石头，丢下阴潭里去，像春天万山间的闷雷，不过雷声是四周散开去，在远处隐隐作响，这里即全洞是一个大共鸣器，水的波动与空气的震动都察觉得出来。

在这头道阴潭的一边，向导告诉我们，上面有石锣、石鼓。我们要他上去敲，他要钱，这哪是敲石鼓？简直就是敲竹杠了。“好吧！有什么难爬，我陪你上去！”这样向导才没有话讲。

由岩顶垂及地的大钟乳石片，一排排地立在那里，彼此之间，都凌空隔离，于是敲打起来，真的全火牛洞都在动摇。

洞中共有三道阴潭，有人曾费了十八斤牛油烛，在洞中走了两天两夜。洞还在开辟中，鬼门关，也有很新的斧凿痕；过了鬼门关，就是可容四马并驰的大路，地下有石灰画的进出标记。

火牛洞看后，像是一个梦，也只有在梦中，我们才会有这样的幻影。然而，火牛洞竟然把梦真的摆在我们面前，使我们的心胸忽然醒悟，豁然开朗，啊！原来真的可以有这种情理俱无的境界！我们心灵由这启示上得到一种“自由”。看一次火牛洞，就等于读了几部人世奇书。

黄果树离镇宁只三十里[1]，由火牛洞出来，我们当天下午又坐在犀牛潭边看这全国闻名的大瀑布了。

---

① 1里等于500米。

黄果树瀑布（李霖灿手绘）

右上方是“观水亭”旧址（李霖灿手绘）

坐在黄果树瀑布下吃着黄果（橙子），我们再没有话好讲，望着由上面滚飘下来的瀑布水，洁白得无法比喻。雪，也许有这样的白，但是哪里有这样流动婉转？银，也许有这样的白，但是哪里有这种神采飘逸？你看，它是一丝丝、一絮絮那么雍容大雅地慢慢滚下来！

谁能表现出潭水的绿和瀑布的白？尤其是水中倒影的洁！饱看银河落九天、白水如锦等诗句，都未能传出它的真神味。黄果树是以妙手的图画来表现的！然而，我疑心世界颜料还没有这样的白。我们经过的时候是冬天，白水河正是水量顶小的季节，已经够欣赏赞叹的了。假如夏天水大呢？那真有点不可设想，听本地人讲，夏天马路上都终日在细雨浓雾中，瀑布的声音几里外就可以听到，这些，我没有亲自体验过，然而我却看到对面山上有一座破庙，距离有一里多路，那是“观水亭”旧址，看水要在一里开外去看，也可以想见这瀑布的气势了！

黄果树并不出黄果，然而却有一个黄果的故事。有一棵生在半崖的黄果树，给一个商人看出是一件宝物，于是和树主人订约要把这树上的黄果留长一百天，但这树主人只留了九十九天便摘了下来。商人来使用这些宝物了，这黄果会吸水的，抛下去犀牛潭的水马上干了，有许多宝物都露出来，商人正要下去拿，忽然水又涨了起来，因为黄果没有长够一百天。

假如时间准许的话，白水河上面还有两个小瀑布，在公路上就可以望得到。虽然不大但也可以盘桓一下，白水河的白是名副其实的。

我们决定在黄果树停一天，好仔细地去看看它那如锦如絮的银雾，是那样从容不迫地飘下来落在碧绿的深潭中，却会生出那么大的吼声，睡在床上还听到这犀牛潭的深夜涛声。

关索岭的形胜

虽然我们不懂军事，但也同样地看到关索岭（即关岭）的雄伟，如屏风一般的一列高山，和隔河的红崖山遥遥相对，一条水在中间流过去，唯一的孔道是有名的灞陵桥。公路由红崖山麓盘几个大弯，才落到灞陵桥上，过桥后不再能用这种盘旋方法上关岭，便只好沿着这长的关岭坡，在

关索岭城墙及关口（李霖灿手绘）

山脚下绕了一个三十多里的弯才爬上去。从前在盘山，说人可以和汽车来比赛，那不过是一个笑话，这里却是一点都不含糊。本地人告诉我们说，他们和汽车同时由关岭场开动，人常是比汽车早到灞陵桥，这是可能的，由关索岭垂直下灞陵桥，只有五里。

这还是一列屏山中最低的一个坳口呢。站在红崖，看得到一条石板小路，曲折地盘上去，坳口中有一个青色的庙宇，关索庙，似乎是“有何难哉”。我们自信汽车是因为太笔直了，没有办法，对于我们，那还不是一爬就爬上去了？

到身临其境时只好承认这五里高坡实在比三十里平地厉害，哪怕是浓雾夹着细雨，每一个人头上也都冒着白烟，也不知道在雨中休息了几次，这哪里是爬山，简直是上天梯，至少一个半钟头，才看到旧日的城墙和关口。

站在关上看，灞陵桥在脚底，一条流水深谷就是天然壕沟，云在对面的红崖上飞。

那边是鸡公背，那边就是有名的大坡顶，每次贵州有内乱，这红崖关岭总是双方对峙的阵地。到过贵阳的人都会记得铜像上那位周西成[①]氏的大头铜像吧？周本人的雄心大志和八尺[②]之躯就是毁在这大坡顶上。

---

① 周西成，贵州桐梓人。1926年任贵州省主席，其间大力推展民生建设，兴筑公路。后人撰其墓志铭曰：主黔政后，深慨黔地多山，交通梗阻，民智不进，乃纠集劳工，大兴路政。三年以来，筑汽车路三千余里，数千年，蚕丛鸟道顿化康衢，轮轨往来山国大道。

② 1尺等于0.33米。

虽然关索这个人有没有还是个问题，但关索岭是屹然站立在那里，到贵州，到云南，再也没有方法不受它的节制。

在关索庙前的碉楼上，写着“滇黔锁钥”四个大字。

盘江铁索桥

关岭过来，西望一片是山，重重叠叠，一直到贵州边境还不肯停止。自关岭以后，便完全是山地行军了。山既高人口也稀少，站口也大了，是全程中最难走的一段。

16日，泥泞中到了永宁，城并不大但旅馆不少。因为由贵阳开车，第

盘江铁索桥

一晚就是睡在这里。由关岭到永宁我们走来完全是“盘山”味道。

已经看到点旧历年的趣味。我们由黄果树过来，一路都逢“场”，在黄果树的“场”很热闹，“场”上有卖鞭炮和年画的；苗夷很多，我们除了画了不少速写外，还曾难得地听到他们的情歌。过关索岭到永宁人就少了，原因是已迫近新年，人家都不愿意出来。

17日，由永宁赶到安南①，创了一个新纪录，这一天走了五十公里。本来是打算只走三十公里的，所以起来并不早，背起行李在大雾中走了一段路，天气忽清朗深山雾开，有了阳光好像是有了眼睛，走起路来也带劲儿。走过一个刷新纪录的长坡，我们走小路下去，等和公路再会合的时候，公路上公里数一下子长了个“七”，这是有名的盘龙江坡。和公路会合的地方，就是盘江铁桥。

下坡后，就看到一道浊流在山峡中奔腾转滚——盘江。山谷中很郁热，因为两边山高，空气都不大流通，所以这里的坡大和瘴气厉害是同样闻名的。

我们并没有看到渴望很久了的铁索桥，现在的铁桥就占了铁索桥的位置，为什么不留下来做一种古迹呢？在古代，对付这盘江也许很困难，现在比盘江铁桥大的工程不知道有多少，又何苦把新式铁桥修在铁索桥的位置上？

---

① 1941年6月27日，因安南县名与当时法国殖民地安南（今越南）相混淆，遂以安南县城西南面的名山晴隆为名，更名为晴隆县。

桥东有曾养甫[①]氏所书的“盘江铁索桥”大字，不然我们还以为铁索桥在另一个地方呢。两边的碑记很多，大都是称赞铁索桥，什么“云里金鳌”，“峻岭不飞天外雁，怒涛时吼地中雷”……所谓夹岸的碉楼、画阁、石狮子，是一点也看不到了，只剩下一个关于铁索桥的神话。这神话是：

灞陵桥是两位兄妹神道比赛修的，以鸡鸣为期，妹妹要把灞陵桥修好，哥哥要把盘江桥修好。在哥哥的原意，也是要修一个石桥的，但是这位小妹妹很调皮，自己把灞陵桥修好后，便跑到山上学鸡叫，哥哥这时候还在和其他仙人下棋，从山中抽出的石板已有十多丈，然而觉得来不及，便用手抓下山上的茅草搓成绳，从江两边摆来摆去，结果就成这有名的铁索桥。

不但如此，本地人还说：在动工修这座桥的时候，有八个叫花子来讨钱，修桥的人不给他们，于是他们说：“好，你们看吧！”结果，本来好好的铁索桥，从中间整整齐齐地断了，淹死了五六十个人，铁链沉在盘江中也拿不出来。结果，我们连看一看这铁索桥的福气也没有了！当然啦，他们说这八个叫花子是八仙。

真的和八仙有关系呢！在桥西边就有一个铁拐李的石刻像，说是最灵验。初一看，我还以为是瘟神或雷公，再看，才知道是这位风流倜傥的仙人。不过，给他们用鸡血鸡毛涂得满身满脸，不但样子不太雅观，而且腥臭难当！像这样不灵验也罢了，灵验了岂非自讨苦吃？

---

① 曾养甫，广东平远人，抗战期间任滇缅公路督办公署督办，负责修建滇缅公路，后出任国民政府交通部部长。

在西岸看了看铁桥和盘江，便开始向上爬坡。天晴了，行李重得很，又是向上爬，不久，便一个个自动休息，脱一件衣服歇了几歇，才算上得了盘龙江坡。坐在山顶上，看一看东面的万山重叠，高与天齐，自己也不相信，我们竟是从那里爬过来的。

在新铺碰到和我们从永宁一道出发的“滑竿”（轿子）。他们说，当天还得赶到安南，这给了我们一个启示：原来一天就能到安南。路上的东西既贵又难买，凉水营实在不能住宿，便硬创了个五十公里的纪录赶到安南大吃其黄果。这一站路，由贵阳入昆明全程十八站中公认是最“恼火”（厉害、过分的土译音）的。

在疲倦的旅程后，有一个好店主东。因为临近年关，有丰富的菜饭，老板留我们一天过年，还答应我们杀鸡，但我们赶路心急，只心领了他的好意，于18日晚上，仍然照计划赶到江西坡。

江西坡过年

永宁、安南、普安、盘县，这四站间的路在往昆明的十八站中是最“恼火”的。我们由永宁过盘龙江坡到安南，得到教训，使我们决定把由安南至盘县站，分作三天走，第一天住江西坡。

沿途的江西籍人很多，有一种“独家”他们也自称是江西来的，江西坡地名的来源也是因为这个。他们都说，自己是“调北征南”[1]（明洪武年间）由江西调征而来的，一直到现在。他们这里人要摆架子表示自己是老资格时，便把双手背在背后，因为当初是被绑架了来的，那时候谁肯自动地来这不毛之地?

江西坡原来有五百多户，经过战乱后，现在只剩有几十户人家，客栈也找不到。我们由驻这里的桥梁工程处，介绍到一位姓杨的大户人家那里。这已成为规矩了，每有什么重要的客人都由他家招待。我们因工程处介绍，居然也是交通部的人物。

我们这几个客人来得实在有点不速，人家都要过年在祭神了，我们闯进来实在冒昧！幸亏，这一带同胞都很有好客的古风，即使在除夕，也留我们住下来。像我们这样常在外面奔波的人，旧历新年在记忆中已经褪色得非常模糊了，那不过是些家庭观念及童年回忆在作祟，也没有留给我太多的印象。回忆又何必一定要在这个时候，所以尽管他们在贴门联、放爆竹、敬祖宗、敬土地，我们还只在打算明天要过普安，后天就可以到盘县了。

就在这个时候，祭神都祭过了，我们注意到那一群驮邮包的人马。他们是和我们同时来到江西坡的，杨家的蜡烛都点亮了，他们却默默地背上邮包，赶着马上山去了，那是向着普安去的方向。但是，可疑的是，不但普安三十里赶不到，就是后面那个大岭也过不得去，听说有七八里高呢！

---

① 调北征南，明洪武年间，朱元璋调派军队挥军南下进入云贵地区加强统治的军事战略行动。

然而，这一队人马竟然在暮色四合中向前进发了。

这个理由，我们到晚上才明白。杨先生在这里是大户，便邀请当地的军事长官（排长）来家中过年，于是我们便和杨家的老婆婆、小妹妹在一个矮桌上用饭。这一顿饭，不但很丰富而且还有一个可爱的名称，叫作“团圆饭”。在除夕，你只要在谁家吃了这团圆饭，便和这一家是自己人了。这样也不错，假使全国都这样实行的话，那也不会“每逢佳节倍思亲”了！我们开始先觉得很安慰，然而意外地跟着就来了“牵挂”。

那一队运邮包人马，正是要避去这“牵挂”，才黑夜又上了大岭。乡下人有规矩：吃过团圆饭，便得遵守他们的迷信，今年“初一诸事不宜，初二才好出行”。我们既和他们一同过除夕，那么，明天初一也就不好出发，只好关在他家中一天，这也有一个名称，叫“关年”。

这一群爱好自由的邮包人马，不能忍受这牵挂的束缚，宁愿在暮色苍茫中赶上坡去，在那里露天睡一夜，明天就可以有一个自由的新年，好一早就向普安进发。

我们吃过团圆饭后，才知道这个原因，便对这些邮包人马格外怀念起来。我们原是和他们一道走的，我们为什么不和他们一同在旷野去露宿一夜？今天晚上的星光是这样灿烂，明天又有一个自由的早晨！

和我们在一道吃饭的那位排长，再三嘱咐我们：“这里人迷信很深，你们还是在这里休息玩一天吧，这关系他们一整家一整年的运气呢！”

我们当然也不能说这是迷信等等一派的大道理，在这种环境中说那种

贵州的江西坡（李霖灿手绘）

题记：民国二十八年（1939）农历元旦，我在贵州的江西坡过年，不但四周景色荒凉，又几乎被关禁闭一天。

话是有点不近人情！好吧，19日这一天是注定必须在江西坡了。然而，这儿有什么好玩呢？怪不得叫“关年”，这关一天在我们真会等于关一年呢！

除夕，他们整夜不睡，在“守岁”，我既已死心停在这里，便也有意加入他们的守岁集团。他们守岁的方法是吃鸦片，这就难了，我们既不会吃烟又不敢和他们打牌，只好以旅途困倦为借口，向他们告了一个罪，悄悄地爬到楼上去睡了！在我们睡下的时候已经听到麻雀牌在响了，我们既然明天不能走路，便决定睡着长期抵抗。

杨先生的战略和我们差不多，不过更为彻底，夜里吃一夜鸦片打一夜牌，天亮便去睡觉，这一觉就是一整天！这里有一个作用，大年初一就在梦中和周公打交涉去了，再不会和人家有什么是非争执，这真是稀奇的过年法，然而全江西坡的人都在做同样的打算呢。

一夜里听到麻雀牌声，也曾想到家，终于睡着了……爆竹声和远近的鸡鸣声，告诉我们新年揭幕了，但我们仍是固守阵地不肯起来。正在长期抵抗中，意外地，老板娘来催我们起身吃早饭，这一顿早饭使我们觉得不能再关在江西坡了！他们因为“关年”，只有四样素菜，我们所能吃的只有一样炒黄豆。假如这一天吃三顿炒豆，那就对我们是太“饥荒”了！大家决定要摆脱这“和尚饭”世界，心中想，就是他们不准，我们也得要走了。

问一声老板娘：“这里‘关年’是怎样的一个规矩？是不是连我们都得关在这里头？”

这才真是意外，也不知道老板娘是看出我们去志已决，还是其他原因，她很清朗地回答我们，那声音很中听：

"'关年'的规矩是这样的，原来是走着的，还继续向前走，原来停着的，就得停着关一天的年……"

我们几个人互看一眼，心照不宣地便顺口向老板娘告了辞。我们原是走着来的，现在仍走着过去！我们不是以交通部人员的资格来借宿的吗？现在的借口是"公事紧要"。

杨先生这时候还在梦中，我们当然不去辞行，免得彼此有所争执。和老板娘说了声"新年发财"，便向普安进发。在门口遇到那位排长，他向我们笑了笑："真的新年就要走吗？"我们不敢多回答他，便不容他问，自动地和他唱声"Good bye"，扬长而去。在爬上背后大岭的时候，我们看到崖边有锅灶的痕迹，这是那一队爱自由的邮包人马昨夜留下来的。在19日当天晚上，我们又和他们一同住宿在普安过去一点的三板桥。

谁说大年初一不宜出行？我们在过普安的时候，多么高兴地，就看到三大卡车的男女同学！

盘县碧云洞

由关岭起，完全是在万山中前进。这一带人口本来稀少，又恰逢是新年，但见零零落落的小屋门，贴着新的门联年画，却很少看到人。每一站间的距离很远，景色是好，但每每来不及画，不过在万山重叠中，只静静地听到三个人的脚步声，也别有风趣！虽然有点寂寞，但新年，却给我们放心胆大前进的保证——土匪也回家去过新年了。

20日下午赶到黔西唯一大县（一等县）的盘县，这是贵州境内最后的一县，我们决定在这里停顿一天。

盘县相当富庶，于是，便满是新年的气象。满街小孩子穿着新衣服，放花炮，路两边都是新年小吃摊子，大人们很悠闲，有盘县师范画的两张彩色宣传画，每次我们从那里走过，总是看到许多人围在那里看。我们看到宣传画能得到这许多观众，这还是第一次。于是我们便想在盘县的城门上，给他们画两张大壁画再走，然而时间不准许。在这里遇到李朴园先

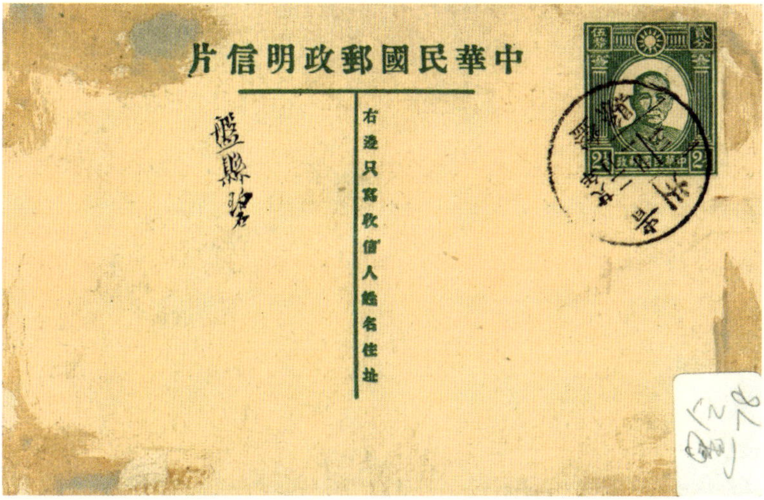

生，告诉我们这已经是我们学校最后的一部车了。我们买了一点盘县有名的全料糕，托李先生带回去，送我们的朋友，自己仍然决定22日出发。

盘县人对绘画很有兴趣，从街两边窗户上，你就可以看到满是梅兰竹石的小册页，字也仿临钟鼎。我们旅馆的老板见我们是国立艺专来的，便让我们住在他的小花园内，还拿出纸要我们给他画，结果由长白给他画了一点，才了了这段“公案”。

贵州的洞天，无疑是全国第一，既多且好。碧云洞，是我们看到的最后一个洞，也使人满意。碧云洞在城外三里，本地人大都叫作“水洞”，这使我们想起在辰溪田湾那里有一个“水洞”，可见这不是一个专有名词，因为两个洞是有水流进去，所以都叫水洞，大约都是指明洞中流水的事实而言。辰溪那个洞，应该请哪个大手笔来赐个名，不然，埋没在那里很可惜！这个洞原有“碧云”的名称，大约是由溪水清碧，钟乳下垂如云而得来的。褚民谊率西南周览团来玩洞时，又把这水洞改为“清溪洞”。他根据《徐霞客游记》说，碧云是指上面的干洞，所以必须给水洞一个命名。也许是误会吧？恰好《徐霞客游记》在手边，好像说，碧云就是水洞！还说，洞口有碧云洞天的巨坛。可惜现在看不到了，不然，倒可以拿来做一参证；而且由《徐霞客游记》上知道，云南有一个洞，已经以“清溪”为它的洞名。

水洞的入口很低但是极深，一望无际的下垂钟乳延伸到深黑的去处，水声很大，向洞中流去，听说有十八个滩，最后和一条什么“冷风河”相

碧云洞（李霖灿手绘）

题记：民国二十八年（1939）2月由贵阳徒步赴昆明，21日游盘县清溪洞，即徐霞客所谓之碧云洞天也，写洞口名为石宝天子，如上图。霖灿识于四海客栈

合流，从没人走通过，西南周览团在这里面走了一天，也是由原路回来。

我们找到一位小朋友来做向导，他领我们由徐霞客可望而不可即的“天窗”下到洞中去，这和水洞进口相隔不多远，然而是转了一个弯，可以隐隐看到水在闪闪地流，但声音如雷吼的一样，有下去的路很危险。迎着这个天窗，就是一个钟乳石柱，本地人说是断了一次，现在又自己接起来，名叫“石宝天子”。

再下去，就是一块怪石。

在峭直的土石混合的坡上，往下爬又是一块岩石，像是和合二仙。假如是在通都的大邑附近，我相信，每一块岩石都会有好事者给它起上有意思的名字，然而在这里，当然没人做这种事情！其实也用不到做。

由天窗中爬下去落在一个大厅中，都是从来所没有见过的奇石，有的像菌伞，有的像古代战士的盔甲、刀枪剑戟，也都森森然立在那里！对岸，是一个石棺材……

在洞中听到水的吼声更大了！渐渐看出绿油油的流水和白得发光的浪花。水由我们旁边过去，似乎把我们带进那幽黑的岩峡中去，和四周的岩石一比，我们渺小得可怜，就是竭力用声音来喊，一点回声都没有，似乎声音装不满广大的洞天。

这洞给人的感觉是“怕”，怪不得那位做向导的小朋友不肯下来，说是害怕，而且告诉我们，没有二三十个人呼啸着一同进去，从来没有人敢下洞。那时我们不相信，便告诉他：我们虽然只有三个，却足足地抵得上三十个，然而小朋友笑了笑，依然不敢下来。等我们站在洞底，看看透着天光的圆口，立着一个小小的黑影子向我们招手，似乎他在呼唤，然而声音听不到，因为上下太深，这时候才觉得有点“无凭依”起来，拍了一张照片赶快爬出来。

由天窗口爬出来，再向有庙宇的干洞上看，里面住着道士，但三间架在悬崖上的大客厅却很好，而且很清幽，摆设也很清楚。由洞中掘出的天然石花盆更妙，坐在那里，很舍不得走，想找田雯[①]写的《碧云洞记》，找不到，却看到送子观音门前那一副白话对联很有趣：

我本一片婆心，送个孩儿给你

尔须多行善事，积些阴德与他

不但合题，而且把“你、我、他”三身都用上去了。

看洞回来，在盘县买些明天走路的东西，在这时间才遇到李朴园先生，他也是明天一早就要走，天色已是很晚了，然而，这是看碧云洞的最后机会。李先生说：“不要迟疑，莫放过这难得机会。”

洞仍然巍巍然在张着大口，不过夜里水的吼声更大了。我们站在天窗中往下看的时候，吼声如雷如潮地冲出来，一串铃声，连续地由洞中传出一道闪光，在外面还有，霞光的天空中转了一转，一只很大的蝙蝠，叫着又飞回洞中去了。

我站在洞边，指着那边有流水声传来的黑暗处，告诉李先生那是我们

① 田雯（1635—1704），山东德州人，清康熙二十六年（1687）任贵州巡抚，著有《黔书》。

白天下去玩的地方，拿手电筒一照，光太弱了，什么也看不到。李先生向前走了两步，用手扶着岩石说：“咱们回去吧！这里已经看得很够了！”

在用手电筒照着路回去的时候，李先生告诉我：“洞中黑得可怕，水声又那么大，刚才我差一点给掉下洞去。”

亦资孔——贵州的最后一站

我们这次步行，没有真的看到湘西那些打游击的兄弟们，但是却差不多每一天都在“闹土匪”的恐惧中度过，尤其是盘县到平彝这八十一公里。很远就听到说不平静，两省交界的地方，时常有这状况，我们当然特别小心。22日告别了亲切的盘县向亦资孔进发，又是个五十公里，那当然走小路。在过海子铺的时候，桃花、李花开得满山都是，未曾看到云南先看到了春天。问一问，离亦资孔很近了，便大玩起来，结果最后那二十里好荒凉啊！我们还走了两三里黑路，三个人靠在一起，深怕再跳出一两位草莽英雄。最后隐约听到军号的声音，好安慰啊！既代表亦资孔到了，又代表了安全。在贵州的最后一站路给我们证明了这句俗话：

贵州里，不论理，一天只走七十里，还要累死你！

深夜赶到区公所，石先生晋卿给了我们最好的款待，石先生好交朋友的至情使我们很感铭于心。他邀了本地绅士、保安中队队长、壮丁队队长

艺专徒步宣传团，由贵阳步行至昆明，左起李霖灿、夏明、李长白

来陪我们吃饭。于是，我们很方便地知道了本地的一切情况。

亦资孔大约有二三百户人家，原是一个“分县”，路旁不少歌颂分县长的德政碑。原来这里很繁华，现在才成了这个样子，然而，在滇黔边境，无疑地它还是一个驻兵防守的重镇，在区公所墙上，还看到长沙临大步行团留下的片字。

很高兴的是，保安中队刘先生告诉我们，到平彝路上很安全。由负责人口中说出的消息当然是靠得住，然而却又跟着告诉我们，平彝到曲靖这一带时常闹事。我们一路都是这样走过的，不过真的也有点担心。担心的是云南的土匪太“胆小”，先打死人，然后才敢抢东西！

鸦片在这里是不种了，夷汉的情感也很好，提高夷人文化水平很急切，但并不容易见功，在这里夷人，就是大部分汉人，也都不愿意送小孩来读书。

由亦资孔到平彝只有五十里，过胜境关以后，便入云南境内。石先生23日留我们到正午12点才放我们走，我们大家拍了一张相片以做纪念。

滇黔胜境

接近云南边境，我们再不担心天气。23日又是一个晴朗的好天，正午12点谢过了石先生，向胜境关前进。

三十五里到“滇黔胜境”，这是黔滇两省的分界处，有一个有名的大牌坊，很多人在这里照相以做纪念。本地人讲，这是一件灵迹，牌坊上的草，东边的草向贵州倾斜，西边的草向云南境内倾斜；同是一个牌坊，东边是青色的长满绿苔，西边是黄色的满是灰土！原因是贵州多雨，云南多风，这牌坊是天然的分界处，果真能分得这么科学吗？怎么在我看来，一点都看不出，反而旁边那关帝行宫门上的一副对联，倒是很合我的意思：

咫尺辨阴晴，足见人情真冷暖

滇黔原唇齿，何须省界太分明

有名的鬻琴碑[1]，就现存在这关帝行宫里，为两个道士做吃饭门道，已经有残缺了，也应该收回来由公家保存。

看过了鬻琴碑，23日的下午6点，我们到达云南境内的第一个县城——平彝。

跨过了贵州边境，便试给贵州省一个总结：

由贵州东边的玉屏县起到这西边的盘县，都有我们步行队的足迹，我们横贯贵州全省的步行，首先便改正了我们一个极错误的想象：在原先我总觉得贵州是贫瘠之地，“天无三日晴，地无三里平”，也使我们想到贵州满是“不毛”的荒山。

真正在贵州走过一趟的人，才会觉得惊讶。啊！贵州原来是这么一个

---

① 鬻琴碑建于康熙五十一年（1712），是纪念当时平彝县令孙士寅的。孙氏勤政爱民，廉明公正，离任时，囊空如洗，变卖所携古琴以为回乡盘缠，乡人感佩，立碑以纪。

蕴藏丰富资源的宝地!

假如以矿产为例，《今日之贵州》上面有详细的调查，准会使读者都吃惊！我们对这个是外行不能说清楚，然而，一路行来，有许多地方我们只要走一遍，草鞋便变成黑色，这是暴露在地面上的“煤”，有许多人家，我们看到他们屋边就有一个“自然的煤坑”，要用的时候，拿铲子去铲两下便得了，每家都有用煤的火炉，时常看到一个人进山去，便立刻带来了两篓黑煤，开公路劈开了煤层，弄得这一段公路都变成黑色，这是露在地面的煤。再用机器挖得深一点，应该更好一点，应该还有煤油，假如在贵州修一条铁路，那首先煤是足敷应用的，甚至于可以运到外省去，我们很高兴，最近贵州要修起铁路来了。

东部自镇远起到湖南边境，西边关岭起到云南边境，山地较多。然而，待开垦的土地仍然随处皆是。许多在北方一定会给农人辛苦耕耘的田地，贵州人还来不及去管它们。抗战中大部分难民向西南来，贵州是可以由他们来开发的，气候炎热，保证可以有良好的收获。

和“地无三里平”同样著名的，俗语是“人无三分情”，这也是不见得正确的，我们一路行来，看到不少的亲切面庞。

贵州的人，是我们很亲切的远方兄弟，有着真诚的心和朴实的面孔，唯一使我们说他们无情的是他们语言中缺少“修辞”，他们没有一张会说客气话的嘴!

因为多山的关系，（贵州人）也有山地人的心直口快，初进贵州的人总会觉得贵州人说话好生硬也难听，都是严重短促的“训斥”，然而，请不要在意他不舒服的“语气”，在这下面，实在是一颗充满好意的心。

一位贵州的朋友告诉我：贵州人不知道“客气”！这是事实，因为我们在乡村走过的时候，给他们也说过些客气话，得到的回答只是一个莫名其妙的木然表情。

在板桥住宿的时候，一夜，我们都说：这老板好冷，简直有点可怕！然而次日早晨起来，他默默地跟我们走了好多路，最后，在一个岔路口，他才发言了，原来他是专意送我们到这里来指示路途的。

假如你肯原谅乡下人的不会客气，那一切都会变了样子，山地人很有好客的古风呢！以他们真诚的心来做立脚点，那这一部分远方兄弟，原是很亲切可爱的。

关于习俗方面，我们在贵州境中，恰巧经过一个新年，大部分和中原差不多，如守岁、吃素、“关年”（在北方不准小孩子哭，不准有争执，这一带更为变本加厉些）等，尤其是年画，因为我们只看到汉人，而这些汉人又大部分是明朝“调北征南”时调来的（以江西籍居多），当然就相差不多了。

文化方面，苗人是需要长时期专门考察的，汉人方面当然也是和中原一个系统。不过假如红崖碑不是伪造，那还不是如我们想的“由明朝开始”，这儿的文化是相当早的，而且关岭一带，像红崖碑的遗迹很有几处，如永宁留节洞。

贵州因为石灰岩的关系，在风景上有着最多也是最好的洞天，我们仅仅是沿着公路走来，便看到诸葛、牟珠、莲花、华严、火牛、双明、碧云，这其中随便哪一个搬到交通方便像杭州这种地方，应该边界也遮不住它们的名声，然而，它们是被湮没在这里好久了。欣幸的是，这次抗战会把贵州洞天传播出去。

最后是贵州的两个特殊问题，鸦片问题和苗夷问题。

禁种鸦片，因为当局的雷厉风行，的确收到良好的效果。前几年来贵州的人都这样说，全贵州那时是一片乌烟瘴气，时间不过三年，现在便是个崭新的面目。虽然我们也还听到盘县的某一山区，仗着地势险阻仍有违禁栽种的事，然而，大部分是没有罂粟花的踪迹了。这同时是表示出保甲制度已经很快地走上健全的大道，和从前只割公路两边以躲开西南周览团时是完全不同了。随着禁种鸦片而来的问题是，贵州人民暂时地更苦了，加上人口迁移、食粮涨价，这一部分同胞陷在水深火热中。当然，贵州人士亦应该咬紧牙关来重新建设一个正常的经济基础，政府方面，亦应该多方予以辅助才好。

附在这里的是，贵州的辅币问题。贵州的币制，还没有云南复杂，但辅币却很困难。有些地方当十铜圆的，有当二十的，贵阳一带有当五十文的，一角法币的兑价，有作铜圆十个的、十一个的，十二、十三、十五个的很不方便。这里，增发辅币使趋统一是急切的需要。关于法币，乡下人只通用中央银行的（他们称为“老中央”）、中国农民银行的（他们称为

“红票”）。中国银行的（他们称为“麻票”）不大肯用，交通银行就更差。需要把国家银行的意思告诉他们，或者多设兑换所。

苗夷问题是贵州特殊问题之一。

镇远附近，第一次看到“苗汉合作”的标语，这是我们走入苗区的开始，一直走到胜境关，都还是在苗区中行走，贵州原是世界研究苗族的中心，尤其是在安顺。

依贵州人的办法，黔东一带是苗人多，以施秉、镇远为中心；黔西一带夷人渐多，以安顺为中心。然而，世界上关于苗人的著作，都把苗夷统统看为一族，以“苗”为他们的总称。

关于他们的服装以及有关艺术方面的材料，我预备专意在后方写一篇文字来叙述，现在所说的是沿途得来的概括观感：

苗人给我们的印象是可爱，固然他们的文化水平较低，然而这是我们的责任；他们也许是太不讲卫生，然而那是他们的环境及物质条件的关系。除此之外，我们再也没有什么可以批评他们了。

他们身体健壮、敏捷，男子都有猴子般快捷的身手，“夷家婆娘”的勤快，更是有名。

他们还保有原始的天真、诚实，对政府的法令彻底奉行（参看后文介绍的一支保安队），绝没有狡猾、虚伪、敷衍等文明恶习，勇敢当然更是他们的特色。

在黔东一带，因汉人对他们太歧视，而且狡猾地欺负他们，于是，苗汉的感情太不好，所以重安江一带有苗匪在作乱，这是很痛心的事！在那里急需要做的工作是双管齐下，消除汉人对苗人的歧视和提高苗人的文化水平。

黔西一带，情况较为乐观，大部分苗人已经汉化，汉人对他们并不歧视，这大概是杨森军长和从前安顺的章专员他们努力的结果。提高夷苗文化，由教育着手，所设立的小学已初具雏形。

苗汉通婚也许是一个总办法，抗战起，建设西南声中，使我们注意这一部分的同胞，彼此通婚既使界限消灭，又可以产生一种新型的民族。我们很高兴地近年来时常听到苗汉通婚的好消息，而且中央对这问题也很注意。抗战后，我相信这问题可有满意的答复。

（附：兵役问题我们也很注意，然而很不乐观："贵州人吃苦耐劳，尤其是四周多山的关系，身体都极轻健，最善于爬山，在训练后很可以成为标准军人。"虽然贵州也有不少土匪，其实贵州人的胆子是非常小的，现在因事先准备不充分，立即实行征兵制度，于是人人视当兵为畏途。沿途各乡区负责人都觉得兵役问题很棘手。壮丁事前知道被抽中，每每逃之夭夭，就是捉住了他，也要想法子跑，十个准壮丁难得有一半送到指定的地点。听说在××省××县，竟因此激出民变，人民入山为匪，还揭出一个"官逼民反，不得不反，若要不反，一不当兵，二不出捐"的旗帜，简直使人哭笑不得——真的，一切都要看人民教育的基础。不过近来听说渐渐上轨道了。）

平彝到沾益途中

平彝是入云南省第一个遇到的县份，还看得过去。因是汽车宿站，旅馆不少，中国旅行社也在这里设有招待所，我们在这里又遇到很多同学。

24日早晨由平彝向曲靖前进。这里又分作大路、小路，小路一百十里是走“弓弦”，大路沿公路宿泉，过沾益，一百四五十里是走“弓背”。公路较为安全，我们宁愿多走一点路。

这一天完全在山中走，想象中过平彝后就是一望平原，一条公路在绿麦黄花中直伸到天边，那完全不是这回事。山中正荒凉得可观呢！我们只看到一批行人，是由沾益背着白菜到平彝卖的（在沾益用六角钱的本钱，到平彝可卖到三块多钱，共四天路程）。他们看到我们在路边休息，曾迟疑了许久，才敢在我们面前走过。我们呢？心中也害怕。

入云南境，风开始向我们示威，到白水不过六十里路，然而风大，到休息的时候，我们都感觉到吃力。不过在这里吃到很好吃的荸荠和白菜，已经有点是山上走向平地的趋势了。

白水到沾益不过四五十里，路也很荒凉，我们到沾益天还早得很，便满街乱跑一阵，收集了一点年画。

生活开支开始便宜起来，在平彝以上，我们每天都得一元，在沾益两天一宿大洋三角五，合新票（富滇新银行）是七角，折合旧滇币那就是三元五角整。这里的人都很老实，一切都不大说“谎头”，不过穷苦得也真可观！女人还很多缠足的，患大脖症（地方性甲状腺肿）的人很多，尤其是女人。乡下苦更甚，几乎连乞丐都不如，怪不得这一路上不安静。也许是我们奇特的服装保护了我们，在一路上并没有看到土匪“朋友”。

记赴曲途中的一个小女孩

出沾益走了没五六里路，我们觉察出后面有一个小女孩在“跟踪”我们。

虽然路已渐入平地，低低的山坡不再是盗匪的丛薮。然而，老板告诉我们说一礼拜前，这往府里（曲靖）的路上还出过非法事件。我们不能不小心，而且小孩子做侦探格外不会为人注意。也许她会到一个适当的地方，突然拿出一个口笛之类来吹一声，便把我们送到那一帮绿林豪杰的手中！

她样子很呆，不像是可以负担这伶俐的使命。那也难说，我们在一个草地上休息，她也停在一边不走了，我们故意停得很久，看着她并没有动身的意思，我们突然以快动作出发，她像在梦中吃了一惊，又跟着我们来了。走快一点看，这小女孩在后面喘着气赶，她的目的物明明是我们。

我们再不能忍耐，等她走拢来，以六只最厉害的眼睛盯着她，她茫茫然无所表情，在我们旁边站住了。一阵硬性软性的诘问，她没有回答，只抬起头惨然地望着我们。

"你到底是到哪里去？"我们放弃了走路，包围着审问她。

"我，我上府里（曲靖）……"

到曲靖有什么事？没有什么事。有熟人亲戚吗？没有。知道路吗？知道！

"那你为什么老是跟着我们跑？"我们自觉问得有点太声色俱厉，恐怕她要怕得哭起来了。

不，她惨然地一笑，像是从梦中找回了一点意识。她脸上青白地虚肿着全无一点血色，她这一笑也是全无一点血色。

"我……你们在我家店中买纸……"原来是这么一点关系，她是在我们买年画那店中认识我们的。

这不是全部的回答。

"你为什么要到曲靖去？又没有亲戚，怎么吃饭呢？"

我们问得她有点害怕，便颤抖抖地在口袋摸了一阵，慢慢地、颇自负地吐出："我有两毫钱！"

这更是问题了，"那你为什么不在沾益，却跟着我们跑？"

小女孩低下了头，慢慢地、茫茫然地在诉说："他们要打我……我怕……"

在这时候，我们有一点明白了。她应该是受了家中的虐待，便茫然地有心向其他的地方跑，不知哪弄来的两毫钱，在她以为是用不完的大数目，我们又偏偏被她看成了一些了不得的人物。

我们这时候也想不出办法，然而，却知道这样一个小女孩到府里也很不妥当，顶可能的结果也不过在公安局内看到她！于是就告诉她没有饭吃的可怕。

她一半由于天性，一半由于有两毫钱（也许是只合国币一角）的“巨人”财产，便十分固执地在坚持。回沾益去也许不至于挨饿吧？虽然有棍子在等着她。

我们用几乎是威胁的态度要她转回沾益，她向回去的路上看了一眼，摇了摇头又固执地站在那里。我们是不能不走了，把她一个人丢在路边，走了好远看到她还呆立在那里，再看看，她似乎又向我们这边走来，然而她没有追上我们，因为我们看到她站在大道中央，待了一会儿，她那小黑影渐渐地缩小，似乎是孤独地回沾益去了。

当天晚上，我们住在曲靖城中一位很好的老板家里，我有一个很好的睡眠，在大约3点钟的时候，我被一片火光和脚步声惊醒，一个黑影似的小女孩，捧了一盆水从我床前经过，这是白天看到洗衣服的那个“使女”，屋子里面有老板的命令声、吸鸦片声，一会儿，她又端了一大桶饭进后院去，那里传出麻将和了的放倒声、哗笑声，外面有爆竹声、鸡叫声，天就要亮了！

老板又在叫了，小女孩急忙走来，手里拿着一条木片，木片的火光照着她一只手在揉她红了的眼睛，又是沾益那个小女孩同样苍白浮肿的脸，不过更多了一双疲倦的眼睛。

曲靖、沾益一带盛行用“使女”，或者还有童养媳的习惯存在。

曲靖

由贵阳出发到平彝止，我们完全在万山丛中行走，心胸上亦觉得有一种说不出的压力。眼光为狭小坚实的山所约束，早已渴望着看一看广大的原野，舒展襟怀，在沾益附近已经开始看到我们要看的一点景色，由沾益向曲靖走来，便完全恢复了北方原野的一望无际。路在平原中向前尽伸直去，麦苗像一片手铺的碧海，加上红色的泥土，后面有淡淡的远山，我们是从那里爬过来的。

沾益一带的景色已经有点像北方，曲靖又以北方常吃的面著名，这一天，我有点像是回到家中了。

曲靖是滇东最大都市，相当于黔西的安顺，在军事上是昆明的门户。由历代战史看来，就可以知道它地位的重要。现在是壮丁训练的大本营，在绿麦红桃中间，新建成的巨大黄色营房，和随处可见的绿色士兵，都表示出曲靖是怎样在抗战中前进。

曲靖有一个很不错的曲靖中学，有十二班学生，门上有清道人的题字。有名的小爨碑[1]就放在这校园内。街上亦有卖小爨碑和会盟碑[2]的

① 小爨碑，即爨宝子碑，碑文为爨宝子的墓志铭，四百余字，书体介于隶书与楷书之间，在书法史上具有重要地位。

② 会盟碑，全称段氏与三十七部会盟碑，又名“石城碑”“石城盟誓碑”，现藏云南省曲靖市北园路曲靖一中内。

晉故振威將軍建寧太守爨府君之墓
君諱寶子字寶子建寧同樂人也君少稟瓌偉之質長挺高邈之操通曠清恪
發自天然冰潔簡靜道兼行葦淳粹之德戎晉歸仁九皋唱於名響束帛集於
閨庭抽簪俟駕朝野詠歌州主簿治中別駕舉秀才本郡太守寧撫氓庶物物
得所春秋廿三寢疾喪官莫不嗟痛人百其躬情慟發中相與銘誄休揚令終
永顯勿翦其辭曰
山嶽吐精海誕陼光穆穆君侯震響鏘鏘弱冠稱仁詠歌朝鄉在陰嘉和處淵
流芳宮宇數仞循得其牆馨隨風烈耀與雲揚鴻漸羽儀龍騰鳳翔矯翮凌霄
將賓乎王鳴鸞紫闥濯纓滄浪庶民子來繫維同靄周遵絆馬曷能赦放位才
之緒遂居本邦志鄰方熙道隆黃裳當保南岳不騫不崩享年不永一匱始倡
如何不弔殲我貞良回抱聖姿影命不長自非金石榮枯有常幽潛玄穹攜手
顏張至人無想江湖相忘於穆不已肅雍顯相永惟平素感慟悽愴林宗没矣
令名遂彰爰銘斯誄庶存甘棠嗚呼哀哉
太亨四年歲在乙巳四月上恂立
主簿楊磐
錄事孟慎
西曹陳勛
都督文禮
都督董徹
省事陳奴
省事楊賢
書佐李仂
書佐劉兒
幹吏任升
幹吏毛礼
小吏楊利
威儀王
小爨碑拓片

拓片。

原以为到曲靖后总该是一平坦平原了，谁知道由马龙到易隆八十七里，不但站大而且不安静。很多人劝我们坐汽车，我们当然不答应，多么难走的地方都走过了，近省城想也没有什么可怕！不过，知道了仍是一个不轻松的行程，由这里向昆明前进，是一路上坡，昆明就在坡顶上。

易隆和杨林

离省城这样近，然而仍是荒凉！28日由马龙至易隆的八十几里，完全是山岗，不过渐渐看到一点云南的味道。满山都是那么大的白杜鹃、海棠、梨花，我们在花香中走了一天，还看到许多妇女采撷海棠花来吃。这样美丽的花，吃下去应该有美丽的人儿了，但这一路上却没有看到一个。这一些人真是白吃了这可爱的海棠花，哪里及得苗区那些美丽的黑眼睛？

离易隆很近的时候翻一个坡，叫作关岭坡。山顶有关帝庙，在坡顶有“汉丞相诸葛手植之树”的石碑，后面一堆土上长着一株很大的柏树，当地人把这土堆叫作孔明坟。这当然是误会，原是用土培树的，成堆后就喊作坟了，离不过四公尺[1]有一个石碑，上面写着“汉武侯南征会盟□”，

① 1公尺为1米。

最后一个字已经剥蚀了。

在易隆开始用旧滇币，我们进出两餐三块五角；路上遇到一位卖鸽子的，四块五毫钱（四毛五）一只。

3月1日由易隆出发，住宿于杨林。

我们上了一个当，地图上写得很明白，杨林离昆明五十公里。然而，你果然在五十公里处去找，那不过找到一块木牌而已！几棵疏柳一湾流水，使你再也找不到杨林的所在。因为这个近二三千户的大村落在另外一个方向。离开公路有二三里路，一堤垂柳叠叠重重地掩没了它，未到五十公里处，就要沿着这条长堤转弯了。公路局也缺德，何妨在这里加上一个指路牌，使步行的人知道杨林的所在？在进省出省的路上，杨林这一站很重要，一天也可以进省，两天也可以进省，出省一天也可以赶到这里，就是分作两天，也飞不过去“杨林”。

杨林不过是嵩明县的第五区，然而比嵩明县还要大。街上很热闹，除曲靖外，这是我们一路上所见顶大的街市了！居然有卖皮鞋的店，晚上茶馆里有人唱云南戏，我们睡下了还有人“唱灯”。这里的特产是碧绿得透明的肥酒和虾酱。

由这里到板桥也不平静，长坡一带时常出事，由区公所派人护路，每一个过客费一角法币，大约又恢复徐霞客那时的“收哨钱”制度了！我们和区公所交涉，他们答应派枪送我们。但是，后来知道长坡现在好走，2日那一天也就没有要他们护送。

长坡的三个时期

长坡是名副其实的长：红土连绵一直延伸到天边，一眼望去，黄色的蔓草在青天里动摇，四面的白云都在草头上乱飞，血红色的土却长出碧绿的矮树，这些矮树，自从出世以来便一直和岗上的疾风奋斗到现在。公路在草丛中、矮树林中盘旋，看它很艰辛地克服一个困难，有时要绕一个大弯。沿着公路走只看到蔓草连天、疾风呼啸。啊！这正是风高放火、月黑杀人的所在！的确，在冬防时期，这里的行人哪一个不是战战兢兢？随地都可跳出黑旋风李逵！

然而这是一条重要的交通线，不能长此下去，于是就派一部分士兵来保路！这样，路是可以走了，但是这里要的“保险费”很重，每人都得要国币一角或五分！于是，变成一种变相的哨钱制度，行人深以为苦。然而，比起黑旋风出来抢要好一点吧？在这两边都还方便的畸形的情况下，路又可以走了，这当然不是个正常的，尤其不是永久的办法。

我们在杨林知道长坡“路涩”，便和区公所讲好派枪送我们。许多走路的人都告诉我们，这是多费事，长坡不再是从前的长坡了，现在满坡都是工人在修路，既不必担心黑旋风又没有人勒索哨钱！不错，沿途看见不少船工标杆，长坡一带一条有重要意义的铁路在修筑中。

长坡一边，满是像蚂蚁的人，在一条线上动，新开的红土堆成一条长堤，这是路基。漫山遍野都是黄色的木料和经始的白线，铁锤的声音震得全长坡都在动。

应该来看我们自己广大的“人力”，这会启发出我们伟大的自信！应该来看这条长的路基，它给我一种欣喜的希望！我们已经走上正常的大道，敌人曾把我们聚在一点的都市，像贵阳，那么残酷地炸毁。但请看我们的新建设，敌人可有本领把一条长线的铁路炸完？不要忘记，我们的万里长城，经过那么多的战役，不是还屹然地站在那里？

在满长坡都是人，而且是向一个方向拼命工作时，哪里还会有小丑跳梁？我们都怀着一个乐观的心态，一直到目的地。

接近目的地的欣喜

近昆明了，再不担心天气。（3月）2日由杨林出发，又是微微的风、淡淡的云，在我自己心里亦有一个晴天。

凡是常走路的人都知道，草鞋是越大越好，在杨林有一种红色的草鞋，大得连皮鞋都可以套得上，三千里路走下来，这是使我们最心喜的草鞋！拿到手中真有一点舍不得穿呢！穿上去是个什么滋味？像在地毯上走路。

水壶里的水，原是供不应求的，渐渐走向夏天更觉得不够用。然而，经过杨林后，我们再不用喝水壶里的水了，每一个小村落都有两三家乡下风味的小茶铺，走路也换成饮水后百余步的散步。还不进去吃他两杯，好仔细体会这接近目的地的欣喜？

在长坡看看只剩三十多公里了，吃茶觉得还不够味。隔壁有很好的面，三个人叫了六碗来吃。我们就这样五里一茶、十里一面地向昆明走去。

天色粉蓝得像轻烟一样，天际隐隐约约的，山下看到一片明明灭灭的“海子”。在东桥胜境那里，几列茂密的长松，何尝是疲劳，每一个人到这里，都自动地下来享受这阴凉如水的松风！

一条白石大路上，满是长松的碎影，若把雄健的长松换成绿柳红桃，这正是夏天的西湖白堤！而且假如不是“海子”在一望中，那真的我们疑心是到了江南呢！

望望前面，不远就是昆明。在那里，等候我们的有许多愉快的心；望望后面，在我们后面留下的，是自己双脚踏过的近三千里路程。

（李霖灿手绘）

黔滇道上·李霖灿日记

（1939年2月7日—3月3日）

1939年2月（20则）

1939年2月7日　由贵阳出发

欠缺了一个今天“贵阳”的邮戳，然而实在是因为时间不允许了，原预定8日才出发，临时改到今天。

看到4日的大轰炸的火到6日晚上还在各处烧，我们是由一个伟大的背景中走出了贵阳。沿途和我们一道走的难民很多，这种被逼迫的疏散多么使人感慨！在路上向人打听，都说清镇的人已经满了，是啊！恐怕到安顺都是这样子的。在过蒿芝塘以前，路上大有沅陵到辰溪的风光。

也许是第二次上路了，完全没有由沅陵出发时的新奇味道，甚至可以说开始时还有点不太高兴，因为贵阳的雨大，使得路上非常泥泞。在蒿芝塘以前甚至可以说是颇为艰苦的跋涉，但是在蒿芝塘后雨势渐小，意外地看到一片奇形怪状的石林，在冷风中聚神画了一张画后，精神开始好起来了，我们实在怕白白一天毫无收获呢！

我只画了一张，其实是很可以多画些的，只是因为实在太冷了，只得停止画画来赶路，我们就在下午六时到达预定的第一站清镇。这里一切

过蒿芝塘后在途中所见的奇石（李霖灿手绘）

“青山依旧在，几度夕阳红。”八十年后，这块奇石依然屹立在老贵黄公路边（2012年8月23日安顺杜应国摄）

都还不错，不过像这样走马观花地走过去，实在是得不到什么深刻的观察的，我们住的地方离城又远，此后应设法入住城市中以便向各方探问。

在茶铺中一面吃茶，一面看《徐霞客游记》。

天无三日晴，地无三里平，腰无三分银，人无三分情。

贵州这一带人情之薄，实不虚传，上青山时向人讨一火把看洞，得到的答复竟然是：

你又不是什么大人物，为什么要看洞？有什么好看？

1939年2月8日　下云关

只求心中无愧，何须门上有神？——收集年画者的悲哀。

假如说由沅陵到贵阳这一路看的是米家云山，那么这一路行来就是石涛的山水短卷。路上行来绘画的时间并不多，但是也许希望会给自己留下些印象吧！下云关一带景色似桂林，奇峰拔地，难以具陈，石骨嶙峋，平地突起。若以山作孤山，则平地正是一派江水平铺，山灵犹嫌不足，请云师再作梳妆，咫尺之间，迎面而起，浓淡相宜。然以雾作天，则皆顶天立地之好汉，红土千里，蔓草展延，野鹊野鸭动则成群，山脉连续如屏障，田畴如水淹没其根，于是孤山一群便矗立陆海上，虽泥泞跋涉不少苦辛，然奇景如身在艺林江边，未始非一乐也！

偶遇同学刘君，言苗族求婚殊为有趣，先以山歌调情再约私会，到有子时方归男家。调情双方皆各自表现，至有子方入男家，表示双方有生殖能力，殊有深意。

此段道路尚好，唯入平坝后，街中泥泞过甚，便立觉疲惫之至，明日需行八十里至安顺，故需早睡。

赠鲁也[①]　过下云关（1939年2月8日）

忆昔日，景佳同赏镇雄关。

君曾云，似塞上风光堪留念。

今日又登云南路，

忽觉身在桂林边。

奇峰拔地起，

怪石嶙峋入云间。

但惜景佳君不在，

辜负了，

这叠叠重重浓浓淡淡山！

① 刘鲁也，原名刘金鼎，山东寿光人。国立艺专沅陵贵阳步行团七壮士之一，画家，舞台艺术工作者，国立艺专高原社社歌作者。1943年在丽江从事教育工作，后在广西从事舞台设计，1991年2月7日逝世。

1939年2月9日　安顺

由平坝起我开始和徐霞客先生一道走，一部《徐霞客游记》是我最好的无言朋友。所可惜者这位朋友当日所取的路径和现在所筑的公路不同，他走的是旧道。不过在晚上和这位朋友晤谈之下，仅知道他也曾到头铺，这已经使我觉得十分安慰了，大约他是过石子哨而我们则过沙子哨，这是平行的两条路，所以我在计划试着给我们这位朋友画一张行程图来和我们的比较，一定是很有趣味的。

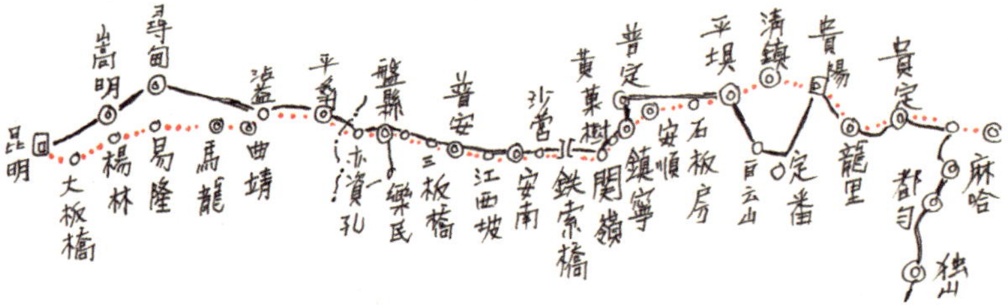

……………我们从湖南来　———— 霞客先生从广西来（李霖灿手绘）

由昨天那位抽鸦片的老板（我们问安顺有什么特产时，他以鸦片对）告诉我们，往云南可以有两条路，一条是公路，人口少，有匪患。一条由关岭分开走运盐要道，经板桥入滇，人口多较为方便，所可惜者渠亦未曾亲身走过，故不能代列行程表。至关岭时当以此询有经验之人。

果然三天赶到了安顺，今天在泥泞中行了三十九公里。然而一切都还好，由贵阳至安顺的公路是那位大头铜像的周西成氏所修的。据说是贵州境内比较好一点的公路，然而我们在泥泞中走了三天，实在不能让我们说好。大致上可以这样说全是平路，但修得实在不平，在这样容易修的地方还修成这样，还能说这公路工作近几年来有显著的进步吗？

近安顺荒地渐少，虽多有似桂林之奇峰及石林，但田畴一望无际，尤以靠近县城一带为最。大雾中田畴水明如镜，有似西湖附近风光，故安顺在贵州有“经济省会”之称，富庶应甲贵州全省。由此以上土质虽少薄瘠，但荒废较多，贵州资源蕴藏丰富大可开发。

沿途禁种鸦片，立牌告示。在平坝县则于公路中竖一惊心之牌楼，上书——

违禁种烟即处死刑！

闻自安顺以上种烟者渐多，故研究鸦片问题亦可为途中计划之一。

途中计划之二为苗汉合作问题。此一问题以安顺为中心地带。今日于雨中见一群苗家少女迎面而来，头上身上装饰皆异，安顺苗族人繁多，聚居最盛，应于此处加以采集标本，先查府志，再找寻专家。

红崖碑拓片应设法买到。

沿途奇峰烟雨变化殊可人意，几乎使人画不胜画也！

给子瑜[①]信一封，托渠在蓝田代购年画。

“红崖禹碑”去安顺西百里，旧沦荒徼，世无知者。晒甲山诸葛营

---

① 张子瑜，河南西平人。国立杭州艺专音乐系，抗战期间在湖南安化县蓝田镇国立师范学院任音乐系教员，是国立师范学院院歌作曲者。

1950年台北故宫博物院黄异先生所绘之“安顺牛场”中之苗民赶集情景

我國滇黔苗胞生活、
情形畫家甚少為之寫
實者
卅九年十一月

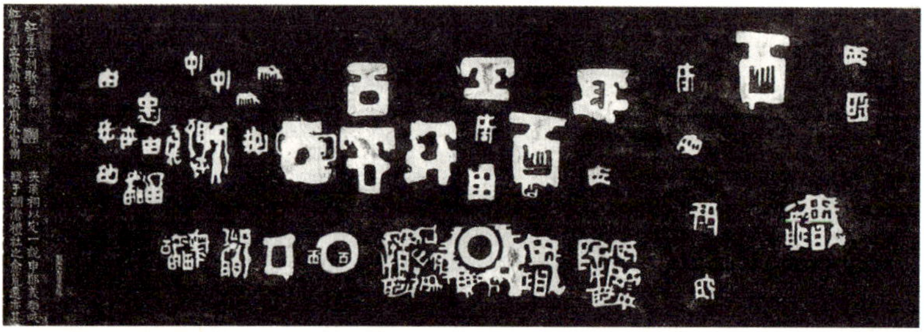

清 吕佺孙 红崖碑摹本拓片 （图片由《黔中墨韵》提供）

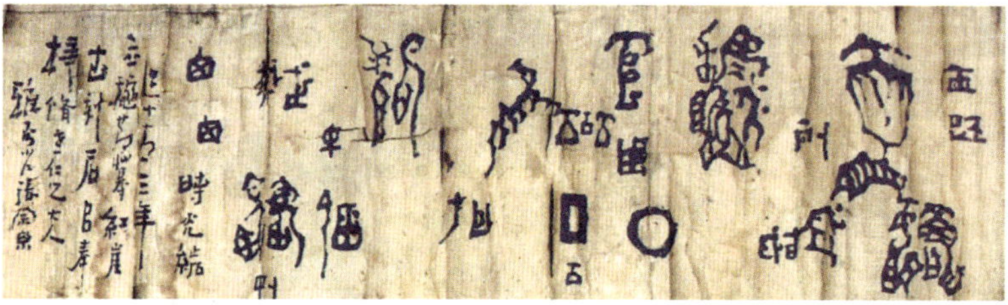

清 张宗泉 摹红崖碑 （图片由《黔中墨韵》提供）

峙其东，黔书因以为武乡侯南征时所遗，然其文浑灏奇崛，非篆非籀，非八分，求之固且不类，何论秦汉？续黔书乃指为殷高宗伐鬼方记功之刻，《安顺府志》申其说，引诗奋伐荆楚深入其阻，谓自荆楚深入云。

《安顺府志》记载：

安顺为黔之腹，滇之喉，粤蜀之唇齿，其疆域错处牂牁国，夜郎之交。

关索岭最险，盘江最大，在晋为兴中郡，在唐为罗甸国，在宋为普里部，于元大德中隶云南，于明洪武中隶四川。

民国时期设于安顺府内之红崖碑亭

红崖山一壁立万仞，唯东面一境可登，山半有洞名诸葛营。

晒甲山即红崖后一山，武侯南征时晒甲于此。

1939年2月10日　安顺

安顺有一个很整齐的外表，白石砌成的城墙。大街上全是小方石块拼成的马路，市面在贵州算是第二。安顺附近土地非常肥沃，人民生活都很富庶，假如不是贵阳被炸，我相信安顺是一点战时状态的感觉都察觉不到的。

昨天夜里听到隆隆的雷声，今天却意外地放晴了，我们顺着公路走去，新晴的颜色格外清爽，在西门外斜阳里，泥土翻出来它最肥沃的黑色，告诉我们安顺是肥沃得很。因为大家全是务农的关系，安顺虽然以苗夷种族最为复杂著称，但是除了风俗语言有稍许不同外，苗汉情感十分融洽。语言方面，因为苗民和汉族接近的缘故，他们都能说很好的汉语。汉人并不歧视他们，很多人与夷人他们通婚，但是苗夷彼等有一种成见（迷信）倒是不很愿意。在民国二十七年（1938）的上半年，杨森氏军队驻扎此地，对苗汉通婚竭力提倡，曾有规定若苗汉通婚，则奖赏一百元大洋。又为根本提高苗族文化计，设立了中华小学三所，皆大部收容苗夷学童，衣服用具皆由校方供给，一时苗区男女儿童皆来就学，女子亦改着汉人服装。盖杨氏曾亲在川滇边境，见英人在内地传教设学校，收买人心，故呈当局此项计划，中央即令杨氏照办。惜杨氏军队调离安顺，于是中华

1948年的安顺全貌（安顺杜应国先生提供）

小学归政府接收，以经济关系不再供给服装，然夷人仍占全校比例数十分之八九，有一在“紫家苑”即是在苗区内设立者，因时间关系未得一往参观。

政治方面，苗人除其有特殊之习俗外，完全服从政府节制，苗区内乡保长亦多为汉人充当。

经济则此地原用滇币，现改用法币，每一角换小铜圆十五枚，唯因民智未开仅中央、农民两银行好用，中国银行则称“麻票”，乡人皆拒绝不用。

今天的工夫都花在红崖碑上，县政府有石摹本，原有意买一本寄回学校去，但是因战事关系，唯一的摹印本离安顺他去，于是没有办法只好用笔摹了下来。不过它本身就有问题，行气也没有，也不像书画，只是凌乱得尚有情致，又有点像图案，但情感则相当地真，有些字颇有游戏笔墨之意。据瞿鸿锡氏的意见是“禹导黑水入海的遗迹”，但恨没有岣嵝碑与之对照一下，不然倒是件很有趣的事。在衡山时我并未听说有禹碑，可见我实在太差。在南岳时实在应该查一查《南岳志》。

我觉得瞿氏只是批驳人家十分锐利，但是自己的结论却也是一样的薄弱。而且到底是哪几字也说不出来，虽然这部分到现在还没有人可以解决，但是自己立论却不可以过度。

听那位穆先生说他曾亲自到过灞陵桥那里，这不过是一部分。于是我除了保留到那时再看外，再到书中去查一查，果然也记载的有，但是却又合不上，解释也有，但牵强附会在所难免，还总算有趣。又有说这是殷高宗伐鬼方时所立之记功石，翻译得也很勉强，有几个字解释得还好，如西南王等字。但它与石刻本不同就很有问题，不过上述两者的共同点是都在推翻这是诸葛武侯所为的传说，因为看那字也绝不是汉代以下的东西，所可惜的经许多学者的研究到现在也还没有正确的结论。我这样走马观花当然不能有什么收获，然而我可以带一个问题回去，除了照片以外我要把石头的全角都描下来。

最可惜的是由于时间的关系，不能看到苗族的详细概况，因为明天我们要走了。

安顺每天都在警报中，防空司令部出布告说不放电警笛，要各家人自行看天色外出。于是天一放晴，全城就成为死城（因为受贵阳被空袭的影响）。这方法殊欠妥当，固然人民只想保命，但当局没有计划亦是一端。县党部在宣传人民不要过于害怕是对的。

自民国二十七年（1938）10月起政府已将吸食室取消，现正在彻查烟苗，劝说改种杂粮中。

安顺丑未赶场，未及待。又曰赶街，以近云南也。

1939年2月11日　镇宁

安顺有一个很好的晴天，于是客栈老板娘连声催我们吃早饭。她倒并不是说要我们早点上路，这三十一公里到镇宁是很近的一站，反而是为了他们要出去外面预防空袭，今天风很大，飞机未必会来，然而安顺人是给贵阳的空袭吓坏了。

记得我们到安顺的当天晚上，县党部正在演说劝大家不要过于害怕。倒是防空司令部一个奇怪的告示，使得安顺秩序紊乱得更厉害，等于每天都在警报中，因为他们不放警报而劝人民自动看天色到外面躲避。于是今天从安顺出来的时候，大家都提了包袱到外面去自己吓自己。这未见得是办法，安顺怎么能由人民自动预防？那恐怕敌机不用来，已经收到敌人所要的效果了！

镇宁附近景观（李霖灿手绘）

天气热了，便觉得行李很重，又因为昨天洗澡后受凉不舒服，这三十一公里倒是觉得很有点吃力。到镇宁看一看，房子倒是整齐，但是店铺并不多。邮局有我们的一封信，此地特产有波波糖，甚佳。明日预备到火牛洞去玩一趟，后再赶到关岭黄果树，黄果者，橙子也。

1939年2月12日　火牛洞和黄果树

镇宁也有一个很整齐的外表，所谓“安顺的牌坊，镇宁的城墙”是也。全由青石砌成，这在古代也是很壮观的了。满城雪片似的一片房屋，全以大石板做顶，进城的时候映着阳光，很有在雪中行走耀人眼的感觉。镇宁的街道亦全由石板铺成，由驻军督促打扫，所以非常干净。

昨天晚上还在举行防空演习，由此可以知道贵州的保安团是比湘西的好得多，此地的特产是波波糖及荸荠粉。

镇宁有两个有名的洞，双明洞因为事前缺少调查，没从公路局拿到钥匙，结果在洞前看了一遍，败兴而归，很对不住徐霞客。但是火牛洞就补偿了我们的失望，洞口是我所看过的洞中最坏的，但是洞中却是最好的一个。仅仅这一个洞，已经可以使我们专意来拜访了。洞名的由来是因为夏日乡人把火牛（就是黄牛，水牛的对称）驱入洞中，以避烈日。进洞口为天门坎，鬼门关，人须低头侧身而过，孕妇则不能过。

火牛洞口（李霖灿手绘）

此洞在西南周览团来时又大加修饰，现洞中尚留有很明显的石灰痕，给予后人入洞不少方便。但是外来人不要向导的倒也很少，本地的火把是在一个竹筒内装上油，上面用土布塞起，比别处的光亮。洞中的路是修好了，几乎是马路的宽，但是也有不少的钟乳石柱被无聊的人敲去，实在是一种损害。听说周览团来参观时，附近一眼所及的烟苗完全被铲除，这种手段使我们很感慨。

火牛洞内最好的地方首先应该推大十字一带的通天石柱，这比莲花洞内又高明多了。衬着附近的奇形石钟乳，很像是双十字。最好的是伞竹林一带的岩石，分明是一丛雪竹，多么自然逼真，我真疑心它们在飒飒作响呢！

因为火把光一闪一闪，正如雪花乱飘一样。这里的石林向导说的都是有名堂的，什么观音、青狮、白象、石猴等，奇妙的是往往一到侧面来看，这些形状在转眼间又换了一个样子。雪竹林是别的洞所没有的，给了我们很深的印象。再进去洞前有水，是为头道潭，回声特别好，向导怪叫了一声，全洞都在震动。这是回音最好的一个洞。

在二道潭后面还有三道潭，听说有人用了十八斤牛油烛，走了两天两夜才走了出来。

镇宁是盐站，有许多人来这里贩盐到各地去。所可惜的虽然明天有场，但是我们为了黄果树非要离开镇宁，我们在下午4时许抵达了黄果树。

到黄果树后我就想写一封信告诉同学们虽然现在水小，但是还是很壮观的。假如是夏天水大时那可真是“不堪设想”。

夜上竹油灯、炭火，与土人探讨当地婚姻习俗，极为有趣。

1939年2月13日　黄果树一日

一夜涛声犹在耳，乡村情味别有佳趣。昨夜挑灯围火谈苗夷，今晨醒来雄鸡乱啼床下，令人哭笑不得。店老板黎明即催早餐，盖乡人心地质善，处处皆为客人打算，因已近岁末，故菜馔亦较佳。初入贵州，觉本地人言语殊倔强，渐与久处方知彼等不知客气，并非含有恶意。且此地无论客家夷边皆颇好客，犹有古风。识一小朋友于途中，聪颖伶俐，领余至瀑布上流作画，回来邀余至渠家，其父亦苗地之文人，家中陈设雅致，在此乡间实为不易得也。

因近新年，家中正在挑烛做粑粑（年糕），红烛青蔬令人不禁思及故

黄果树瀑布

黄果树大瀑布速写（李霖灿手绘）

乡过年之情景。我虽自小离家，因处乱世，自以为四海飘蓬，久则不生怀乡之感，不意数千里外偶有所触，仍“不禁相思夜之心”也。后小朋友磨墨汁送来，彼深夜又赶来以余墨送我，可见此地人之善良，吾与渠家素不相识，一入其家招待备至，搬凳拥炉令其子分切黄果以饷客，思之其情殊为之感。明日拟留龙爪树梁家，梁为此地最大户，有千户租，其家中有曾在外读书者，现为本地小学校长。

黄果树原名“犀牛滩”，因古时有犀牛而得名，亦有云因崖中有黄果树结黄果而得名，此地过去二十里有灞陵桥，即红崖碑之所在地也。今日全天作画，唯精神不甚佳，得七八张。明日此地赶场，拟赶场后再行二十里至龙爪树借宿梁家，以便一观红崖碑。

1939年2月14日　红崖（记龙爪树梁家）

黄果树赶场的人很多，差不多一个上午的时间全在画些苗夷人的奇装异服，这个机会是难得的，但是也看出了我平常人物素描功夫的不够。然而在旅途中能由此多加磨炼亦未必不是一个好机会。但是我还是犯了一贯的毛病，不能抓住整体，时常为了琐细部分妨害了整体，应该先抓全部，然后再将细部分配合上去，这是很紧要的一个心得。

红崖碑是今天主要的目标。因为要看红崖碑，便特意到梁家来借宿。

苗人极富民族色彩之服饰（李霖灿手绘）

梁家为龙爪树大家，附近夷族多为其佃户，所以我们来的时候，看见几位夷人在他们家里帮忙做年食。初至时，因为梁家兄弟外出，适其亲戚龚先生由关岭来，由渠代理一切。彼等与同志数人组织一“存有社”，以光大贵州文化为目的，故今日能适逢其会，至关岭又多与方便，不能谓之不巧也。

初至龙爪树不识梁家在何处，然沿途行人挑夫皆知，可见梁家之声名。见一墙上以蓝色字写红崖碑文，又见其后瓦屋整洁，大约不错，便昧然而入。其家人皆落落有大家风，女人当家应礼，颇有层序，以学校和人名刺投之，便云代为筹划食宿，想来欲看红崖碑者皆慕梁家之名于此也。房侧有一教室，为梁氏兄弟教育夷族子弟（强迫）自力筹办之学校，一切皆由校方供给，于夷族文化大有裨益。晚间更深，梁氏之兄弟来，为一青年，曾在贵阳毅成中学读书，有文弱风。吾等即宿于教室内，茶水甚勤，供炭火设铺位后，即开晚餐。餐后与龚先生谈苗夷事，殊有趣。梁氏兄弟又以葵瓜子、甘蔗相待，乡人好客殊不虚传，甚得古风。梁家鸡鸭满院，山羊时来卧房拜访，牛马宿于内壁，外面尚有篮球架二，私人如此，在此间殊为难得，晚间雨甚骤，近明少止。

红崖碑现已无摹本，须明日至关岭一看有无希望。

饭后围灯谈蛊及当地苗家习俗，甚有趣。

蛊到底是什么东西，到现在也还没有人知道清楚。在我们看起来是宁愿当作迷信看，姑且记之。

梁及龚他们说放蛊这种秘法是传女不传男的，所以我们也不知道其真相。他们说只有一种称为“格斗”的苗夷人是会放蛊的，这族的人有这样的说法，如果蛊死一个人，自己就可以兴旺十年。那么如何辨认哪些是会放蛊的女人呢？容易！因为她们的眼睛是红色的，如火眼一般。

说到其他放蛊的方法是只要用手向你身上一拍，那你就中蛊了。那怎么办呢？有破解之道的，假如她拍你，你心中念几遍“放蛊放不着，放到你家的门槛脚”那就立刻解了，而且假如她放不出去，她本人就要大倒其霉，所以她有时候甚至于得毒死自己的儿子。

此外还有会放飞蛊的，其法是把蛊的灵魂设法带至她要蛊到的人身上，使之中蛊，最可怕的是用这种方法对人放蛊，而被下蛊的人都还不会知道。

现在的规矩是假如蛊死了人，官府会把她拿来用火烧死，所以这么一来，苗人就都不敢住在公路附近。因为在她们家中时常搜出些蛤蟆、毒蛇等毒物，装在瓶子里，看那样子她们是用咒语来驱使它们的灵魂，所以能有这种魔力。

不过也不必太担心，因为会放蛊的苗夷人也只是这一种，而且一定是女的，只要注意她们的眼睛就可以看得出来的。

关岭有个关索洞，去此地三十里，有温泉，置鸡蛋于中可熟。孔明潭有孟获屯，孟获是此地夷人的祖先，然而现在夷人亦不知道孟获，更说不到孔明了。

红崖山又曰太甲山，因碑中有“太甲”两字清楚（尚有“殷”字），昔日远望有光，因此苗人每年以牛马祭之，现已废。

此地多黑苗与汉人，唯婚丧习俗少异，丧礼中有一种须由女婿杀牛，其姑家则以形式上驱之的习俗，结果有时酿成械斗。婚礼则先由唱山歌起，结婚不同宿，有当日即回原家者。至农忙日来夫家宿之，五日或七日不等，到生子后始住夫家。然而若是夫家人口过少，女家也有早日住夫家之可能。

1939年2月15日　红崖遇雨

早晨大雨后，外边树林中有鸟鸣声，连续不断，不识何名。起坐屋檐下映晨光读《徐霞客游记》，梁家仆人即以炭火来，使女言语亦大有风度，有大家风。早饭后即随向导赴红崖，因昨晚大雨，草水泥泞又多荒坡，渐行亦渐无路，全在蔓草中攀行，至红崖时双膝以下皆湿。崖上

红崖碑石

共十九字，全与安顺县政府内之勒石同。至于《安顺府志》所作图则不可得，不知当日府志所据者为何。抑或另有一处耶？或为剥落剩余十九字？然此十九字又与渠完全不类，此事已成疑问，然更甚者，看后觉此崖字之真伪都有问题，根本对它生了怀疑。固然奇怪的是字与崖平，然而问题亦在这里，很像是用一种红的颜料涂上去的，虽然他们说假如在石头上削下一层，下面仍是红的字，但我们可以看出这是一种鲜红的粉末，很像是朱砂等的东西。也许是我们大家推测的，这是一种符咒用来吓苗人的，或者苗人自己来当作神敬拜的。

原本的计划是在那里抄下来的，不过很可惜这些符号给后人用墨涂

关索岭附近景观（李霖灿手绘）

得一塌糊涂，而且每一个符号都用墨描了边，这样一来也不知道究竟原来是不是那个样子，而且大体和安顺县政府内相同，便不再有重抄一遍的必要。背后一层山崖他们原称红崖，但是书上说这就是诸葛晒甲山。

但是这时候全山整个为雾气笼罩着，等我们要回来的时候，一阵急雨使我们在泥泞中滚了下来，跤也跌得更多了。回来我们说去看一看红崖，差不多像上了一次关岭了！因为我们站在红崖上看小路，它由灞陵桥曲折上去，好像并不是十分吃力，在山顶上一个方方的小庙那就是关索庙了。公路是由灞陵桥沿着这一带屏障关岭坡绕着开，听说有三十多里，由小路直爬上去只要五里就够了，所以我们走了小路，后来我们才知道这是多“闹祸”(河南土语，意为糟糕、可怕、厉害之意)。

在黄果树停留一天一方面是看瀑布，一方面也是为等场期。在黄果树等着看上场，于是此后就一路都是见得着场了，因为场是由镇宁、黄果树、关岭这样一路赶上去的。在龙爪树停一晚为的是看红崖，于是由红崖回来后就急着要赴关岭，因为听说这一带的苗夷最多，结果由龙爪树出发，过了听说这儿有些危险的灞陵桥后，就是曲曲折折的上山路，群山又全笼罩在雾气之中，几步外就看不到人。山路的斜度既大又泥滑，好容易爬上一段，满以为可以有一段平路走了，到了跟前一看又是往上爬的山路，因此即使下着雨，我们也不得不坐在湿地上休息会儿，喘口气来。

虽说这不过是区区的五里路，但走三十里平路都没有这样累，最后在疲惫中终于走到了一片乱石砌成的旧城墙中，这就是旧日镇守的关口了。在第二层的城楼上写着“滇黔锁钥”的大字匾额，在昔日这当然是

关岭附近景色

名副其实，因为我们从红崖上看着这面层层叠叠的高山，横在最前面的就是一排沿河的巍峨高山关索岭坡，假如要从这一带到云南去，那是除了通过关岭外是没有其他方法的。虽然现在的公路是绕山而过，然而在关岭场仍然驻有重兵，关岭至今仍是滇黔门户。

怎么说也不会有人相信这五里路就能使我们这么累，加上街口泥泞，我们洗净后就不再出去，因为赶场人很多，但是苗夷倒不是很多，因此也没有什么可画的题材。晚上龚家来请宵夜吃粑粑，有两种为他处未曾见。

抄红崖碑两份。

1939年2月16日　泥泞入永宁

算一算日子，我们已经离开贵阳八九天了，钱也用去了七八元之多。然而我们还停留在这全程不到三分之一的关岭，于是大家商议决定要加紧赶路，今天虽然下着细雨路上又很泥泞，然而我们仍然如期赶到了永宁。

离开关岭时因为他们说观音洞是多么的好，于是我们便又绕三里路去专程拜谒这“黔南第一洞天”，其实也平常，妙在它是有两层高，空旷是其特点，与火牛洞、妙明洞相比则相差很多。

雾重盘山而行，泥泞又渺无人烟，虽然只四十五里，但是草鞋就穿坏了两双，十分艰难地到了永宁，原定要赶到新铺的计划自动地取消了，明日赶六十里，后天到安南过年。

永宁今天也逢“场”，但很冷清，因为已近新年的缘故。

邮戳上的地点作“募役”①，因为此地信件要到募役去寄，仅通小额汇兑（二十元）。

1939年2月17日 除夕入安南

值得庆贺的是今天创造了一个从来没有的行程纪录。

一早由永宁出发，原来是预定赶到凉水营，六十里路，当然不用起得很早，所以尽管老板来催我们，只管慢慢地起床。吃过饭后，我们想起了昨天四十多里的泥泞赶路，假如今天还是一样，那这六十里就很可观了。但是出发时有一位乘滑竿客人的说法给了我们一个新的观念，他再三交代抬滑竿的人说，今天一定要赶到安南。啊！一天可以赶到安南吗？五十公里，合一百里的路呢！

路上居然没有那么泥泞，只是离开时雾依然浓厚。在一个深沟里

① “募役”，民国时期募役为永宁分县。

看到远处的一个深山雾居然开了，从此我们好像突然有了眼睛，四周山色多么清新！走起来步伐也有劲了，走过一个破纪录的长坡后，我们走小路下去到公路上，看见公路上的刻里程数的石碑上一下子跳上了七公里，原来这就是有名的盘龙江坡。五十八军出发抗日，在这一带因气候关系死了很多人。

下坡后就看到浊流湍急的盘江，山谷中的空气仍然很郁热，显然是空气不流通的关系。从前公路未开的时候，这里的瘴气是很有名的。在到铁桥的入口处，迎面有一个大石佛站在路边，样子像一位迎客僧，虽然有人嘱咐我们不要照铁桥，但是我们仍然和这尊佛像合照了一张相。

现在的铁桥和从前的铁索桥是在同一位置上，同样是吊桥的结构，但

老盘江铁桥

是从现在工程的角度看起来，这铁桥实在是一件很小的工程。但是当初开始建造铁索桥时，它的工程被说的那么困难，甚至以为是神工，在两旁的碑石记载上，还可以看出这件事的轰动性。时代的转变，真是使人感叹不已！在西岸的碑文中有一条题记“云里金鳌”，这是由两边山头俯视江边才有的感觉。两旁有副对联：

峻岭不飞天外雁，怒涛时吼地中雷！

在桥的旁侧还有一尊铁拐李的石雕像，据说十分灵验，所以周围的信众弄得这位倜傥不羁的风流人物满身满脸都是鸡血和鸡毛，使得我猛一看把我这位老本家看成了狰狞的雷公，再仔细地看了看才看出了他的拐杖与葫芦，我想他假如真是那么灵验的话，一定不准许人家把他弄得那么难看。

我们又跑到西岸边去看铁桥，这才看出来东岸石崖上题着“盘江铁索

新北盘江大桥

在老盘江铁桥旁边隐约可见“盘江飞渡”刻石

桥”的字样，这是老铁索桥唯一剩下的痕迹了。像所谓夹岸的石狮子，碉楼、画阁是一点也看不到了。我们站在桥中间，往南北两边看盘江浊流奔驰而下，不禁使人有了些许今昔之感，“逝者如斯夫，不舍昼夜”，这盘江的水也许知道当日铁索桥的情况吧！

在爬西坡的时候，我们哪一个不是满身是汗，衣服完全湿透了，每人都自动取下了一件衣服，不过高山顶上的凉风亦真使人飒然凉爽，这才是高原上的疾风！回望走过来的路真是叠嶂层峰，自己相信那真是如同由天上爬下来的。看看四周的山头，听山谷回音，这是高原景色。

在新铺又遇到那架滑竿，他们仍然是坚持要赶到安南。因为路上吃食既坏，价钱又贵，于是我们也决定赶到安南。

过凉水营后还有三十里路，情况真可说是狼狈不堪。肚子既饿，水壶

群山环绕贵州的大岭

也无滴水，一路行来很难遇见几个人，放眼望去都是荒凉的山头，公路在山头上爬上又爬下，盘旋得辛苦异常。真想不到这里的山是这么高，又这么多，大概王子云[①]老师所说的就是这里了。

在疲倦透了筋疲力尽的旅程之后，注定是会有一个合意的打尖之铺的。果然晚上一切都使我们满意，晚餐也因为接近新年的关系，菜肴都很合口。睡觉的地方也好，客店老板邀请我们一起过年，并且告诉我们由永

① 王子云先生，江苏萧县人。画家、雕塑家、美术史家。民国二十七年（1938）任国立艺专雕塑组图案组专任教员。

宁到盘县共有三个九十里路段，以今天这九十里为最厉害。

我们到江西坡，后天到板桥，再来就是盘县了。

——赠鲁也

西峰青山千仞高，激流怒挟浙江潮。

高原好友如相问，已过盘县铁索桥。

1939年2月17日　安南

1939年2月18日　江西坡过年

对我这长年在外漂泊的人，新年的感觉是已经很淡薄了，几乎是褪得快没有颜色了。同是一样的未知前途，同样的世界，同样是时间连续前进永不停歇之一环，何曾显著地标明出这是一个“过年”的段落呢？尤其在我们看来，每一个明天都带来了一个新目的地，往后看的时间就很少，在旅途中每天疲乏之余，也实在无法去留恋过去。

对我而言，新年的观念，大概除了儿童时代的回忆外，就是一点对家的思念了吧！我因为自幼离家，对家的记忆已不复深刻，也因此对家的缱绻就较为淡薄，最理性的说法是就算想要回忆一些家中过年的情景，也不必一定非在过年时回忆不可吧！

就这么个理念，我们赶路来到了这个小山村，不然我们应该是留在安南过年的，那里一切都很方便，客栈老板又是古肠热心，然而我们仍依照计划在今天赶来了这十足的小乡村。来到这里首先看到了满是新红的春联，虽然此地年味已经有些淡薄，但是他们仍然有“你们为什么新年还在赶路”的疑问。我们呢，看到他们忙碌的样子，也感觉到了这一点，啊！今天要过年！

由关岭过来全是在群山层峦中走路，不过以永宁到安南、安南到普安、普安到盘县这三个九十里路段最为艰苦难走。山高倒也不要紧，但我真奇怪山怎么会有这么多？一望无际全是山，看看横在前面连绵不断的山群，不禁怀疑自己要怎么样才能过得去。站在这里回头望走过来的路，连自己都不敢相信我们是打那儿走过来的。假如拿盘山来比，那盘山简直算不了什么。

今天由安南出发，一开头就来了一个二十四个弯的山路[①]，昨天盘龙江的坡使我们有点怕了，今天又要过江西坡，上下又是五里，不过今天这坡比昨天好多了。在江西桥下我们爱那一溪清流，在那里清洗之后，再爬起山来似乎是很容易。也许是靠了那几个黄果的力吧！在休息的时候，那片清凉的水已经够味，再加上新鲜的橙子，这滋味真是使人难忘。

因为每天走这九十里的山坡路太吃力，由安南至盘县这两段路得分段走，今天到这江西坡，明天过普安至板桥，后天到盘县。

江西坡不过二十户人家，当然是没有客栈。我们住在一户杨姓家里，

---

①滇缅公路上著名的“二十四道拐”，在今晴隆县境内。

二十四道拐

他是这里的大户，于是似乎有了个不成文的规矩，凡是有客人到江西坡，就一定住在他家，我们是五毛钱一天。

我们和一位保安团的杨队长谈话，他告诉我们这里米五元半一斗（三十斤），每一个士兵不过六元军饷，于是伙食就成了问题，因此军队都得替人家做工，如泥水工、敲石子等，才能够吃饱。

乡间迷信依然很深，晚上他们祭过祖先和土地后，邀请我们一道吃团圆饭，吃过这团圆饭大家就是一家人了。乡人好客是古风，邀我们和他们一起守岁，打牌、吃烟、闲聊，度过除夕，送旧迎新！

那么大年初一呢？出门拜年吗？

二十四道拐入口处

不出门！

哦？那要如何过大年初一？

睡觉！

为什么闭门睡觉呢？因为他们认为初一这个日子不好，而且还说顶好我们也不要走，假如非要走的话，那是对他们家不利的。初二是好日子，你们就可以出行了。

就因为他们不想在大年初一有些什么是非，所以这一天一定是在睡觉中度过的。

所以，我们也就被这奇怪的迷信给困在这小小的江西坡了。

1945年3月26日，由美国随军记者约翰·阿尔贝特在公路对面的山上拍下，首次刊登于《第二次世界大战画史——醋瓶子乔的战争——史迪威的缅甸战役》封面，标注为“中国境内史迪威路之二十四拐”

民国二十八年（1939）农历新年在贵州江西坡过年（李霖灿手绘）

今日之江西坡镇

今天来江西坡时经过的沙子岭，是南笼公路与黔滇公路的分歧点。行程渐向西南，因此天气也慢慢热了起来，沿途菜花金黄可爱。

过安南时所见的一句独特的标语——

有义气的朋友来投效政府！

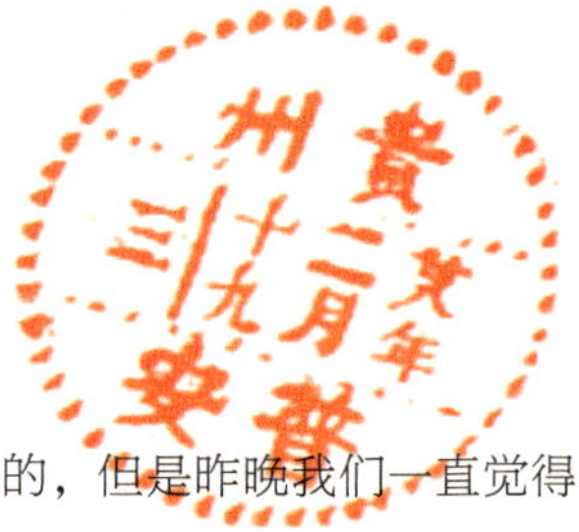

1939年2月19日 过普安遇同学

在原先我们是并不敢决定今天可以赶路的，但是昨晚我们一直觉得很奇怪，那一队驮邮包的邮勇到达时已是傍晚，但是他们却把马袋装起来又赶着上路去了。他们不是往安南方向走，而是向岭上走去，我们想如果要赶到三十多里外的普安，算算时间天黑前恐怕连大岭都过不去，后来我们才知道原来他们正是要在岭上过年的。乡间迷信的风气很盛，假如三十晚上在人家住宿而大年初一就离开，对这一家主人是不吉利的。他们赶马的人很知道这个习俗，不愿意受这种无形的拘束，于是情愿在大岭旷野里自由地过年，好今天一早就可以高兴地上路了。我们实在应该随着他们在岭上露天宿一夜的，好看那满天灿烂的星光。但是我们怎么都想不到在这小小的江西坡给迷信束缚住了，老板要我们打牌守岁，我们虽然以疲惫为借口推辞了，但是我们知道今天没法照计划来到板桥了，呆蹲在小山村有什么意思？还得忌讳许多无知的事，于是我们便索性蒙头大睡。

店老板打了一夜牌，鸡鸣时才去睡了。这就是他的计划，睡上一整天，以免在大年初一有什么是非。但是，意外地老板娘来催我们吃早饭，只好服从，以免主人不悦。一看桌上的菜肴，我们又被打击了，因为这又是他们过年的规矩，新年初一吃素菜，而且这还有个名堂，叫作“关年”吃斋。“关年”，在我们这行路的人是无所谓，反正时间是连续的，何曾在某一段上染着一层欣喜的红色，说这就叫作年？但是看到他们那么简单的斋饭，心中感觉到饥荒了，昨天晚上还满桌是肉，今天早上只剩一盘炒豆了。

我是决定非得要走了，光这三顿素炒豆，我们就受不了。我们又问了老板娘，这里的规矩是不是一定要把我们关在这里？意外地她回答我们，走路的只管走路，在家的都要关一整天。假如初二、初三日子都不好，也许还得多关几天，他们关去好了，随他们关几天，我们是走路的，可以只管走路。所以，我们是要走了。

高兴地向老板娘说了一句“新年发财”后，我们欢呼地逃出了江西坡，在路上还看到昨夜邮马他们锅灶的痕迹。一队邮马在荒凉寂寞的旅途中前进，还可隐约地听到马铃声在山中时有时无地回响着。

不久意外地看到载着许多女同学的车子跑过我们的身边，在到了普安的时候，我们总共遇到两车的男同学、一车的女同学，因为一辆车的油管出了问题，所以我们有了一个较长的谈话机会，知道学校已经搬得差不多了，这两三天内最后一批也要出发了。

行尽青山不见人，今天也许大家都有这种感觉吧！这一带公路完全在山中盘旋，人烟稀少，加上今天可是农历新年，人们都不出门，只有我们这些了无牵羁的游子和那队邮马。我们最后都赶到了板桥。

在普安吃了中饭送女同学们上车后，我们又由普安出发，一路十分寂静。来到一个景色很好的地方，四周都是红土的山，上面长着绿绿的矮树，这儿有一个名叫九峰寺的寺院，寺内十分清静，大家都觉得在这里过一个新年夜倒也不错。当家师父也答应了，但是他一告诉我们这里很偏僻，恐怕有“寺前铺遇盗匪”[①]的危险，我们当然为自己安全担心，于是仍然决定离去住在板桥。

在出普安时还看到邮马队正在休息，在下午5点钟到板桥时，我们见一个人着短装站立在公路中伫望，初疑为不法之徒，我们都有了戒心，后来还是他先开口问我们，有没有见许多驮邮包的马队向这条路来？啊！原来他就是我们在江西坡遇到的邮马夫。

过芭蕉关，见有曾养甫的题字。曾氏的题字有三处，红崖、铁索桥和芭蕉关。

今天的走路是经历了七个字——行尽青山不见人！

---

① 1938年冬，国立艺专由湖南沅陵迁往昆明，艺专同学七人组“湘黔步行抗战救国宣传团”于12月3日离沅陵徒步至贵阳，两日后在湘西寺前铺遇劫，有惊无险，七人于12月30日安抵贵阳。

芭蕉关

1939年2月20日　正觉渴肠啼不住，忽惊黄果出车来

——给梁树祥[1]同学的一封信（旅行散记之五）

我应该如何来形容那时候又惊又喜的心情呢？

远在晋朝，一个云淡风轻的重阳佳节，陶渊明先生斜靠在东篱边，却并没有“悠然见南山”的闲情逸致。只见他手脚左放不是，右放也不是，

① 梁树祥，河南人。国立艺专音乐组，后与同学刘鲁也结婚。

很像是酒瘾发作了。这样好的节气怎能没有酒？太不如人意了，被俗人打扰陶先生又有点不耐，看看自己最喜欢的黄菊也觉得开得不好，这一切都因为没有酒喝，没有了酒还会有什么兴致？还是去到酒店沽点吧！然而，前账尚未结清，实在不好开口，而酒店当家的又是那么俗不可耐。左想也不是，右想也不对，抓头搔耳正没个安排的时候，远远地看见了白衣裳在篱笆缝里飘动，这是送酒来的专使，陶先生这一高兴非同小可，一下就跳出来了，宽阔的衣袖一下子给篱笆扯了一个那么大的三尖口子，但这又有什么关系？有了酒就什么都不说了，开樽一股酒香扑鼻而来，也忘了白衣专使还伫在一旁，便雀跃三丈，大叫：酒！酒！酒！吃了又吃，不觉烂醉如泥卧倒在菊花旁边……

我们这一乐，至少也抵得陶渊明几千年前那一乐。思前想后，也只有他那一乐可以和我们这一乐相比！

行尽青山不见人，因为这时候人都在自己家里团圆。我们三个游子在道路上奔波，感到格外的寂寞。陪伴我们的仅仅是时而听到一两声爆竹的声音，在山谷中回响，此时便让我想到自己小时候在过新年，亦喜欢放爆竹。寂寞倒不是顶可怕，发愁的是家家关门闭户，这样我们在路上就找不到吃饭喝水的地方。

昨天在普安和许多同学见面后，当晚我们住在三板桥一个小村里。今晨出发到盘县七十里路，你们赶上我们的时候，离开盘县不过只有七八里路的样子，这就是说我们已经没有吃一点东西走了六十多里，水壶的水也早已告罄。

没有饭吃没有水喝是个什么滋味呢？长白[1]说：这样真要走不动了！——迎面又是一个上坡。

多大的坡如盘龙江等，都不能使我们害怕，然而在饥渴之余，这一个小小的坡竟然使我们垂头丧气，然而又不能不走啊！就在这个坡上看到了你们的车子。

老实说，那时我们也不大有力量去管汽车，因为我们由汽车上得到的眼光与感觉每每都是疑问号，再不然就是漠不关心，在你们车子后面横躺着的那披红大氅的朋友，他简直有点冷，若不是在新年保证没有盗匪，也许他还会疑心我们呢！

突然之间，你的声音改换了周遭的气氛，在平时我们觉得你的声音有点高了，然而此时它却格外的亲切，它让我立刻知道这是一位老朋友。

我们高兴你呼喊我们的声音，使那一位坐车的冷朋友换了一种眼光来看我们，他一定是很吃惊的吧！想你后来一定将我们介绍给他了吧？

车子走得太快了，使我们没看清楚车中还有谁。一袋东西从车子中抛了出来，我们直觉地意识到这绝对是件好事情。

长白忘却了疲劳，两步三步地赶上坡去，立刻高举起来大叫："黄果！黄果！"

---

① 李长白，原名李寿青，浙江兰溪人。中国著名工笔画大家，民国二十八年（1939）国立艺专由沅陵迁往昆明时，于贵阳与夏明、李霖灿组三人步行团徒步至昆明。

就在那坡上的一片草地上，背包成了座椅，那一袋约廿多枚黄果，没有五分钟已全部解决了。也不知道每人吃了几个，只知道老蒙[1]吮得够快，长白拿出刀子来帮忙，黄果汁流了满身，我呢？觉得连黄果皮都有一种清香的味道，哪会苦呢？索性连皮一道吃了下去。

“好啊！没水正渴得要命的时候，忽然有了鲜橙子汁喝。”

“正觉饥肠辘辘时，黄果忽从天上来！”

“这简直是打了一针吗啡，你看到盘县县城也就这么六里路了！”

地下满是咬碎嚼烂的黄果屑，看看口袋空了，再翻过来看怎么没有一封信件呢？啊！这原来是你们准备给自己吃的。

“高原好！高原好！高原上的朋友肯向前跑……”[2]

眼看盘县路不远，赶路心急马加鞭。

谢谢！

霖灿于盘县四海客栈

附：《高原社歌》（刘鲁也词）

高原好！高原好！高原上的朋友肯向前跑！

---

① 夏明，又名夏蒙，江苏连云港人。抗战期间在边疆地区从事艺术教育及宣传工作，民国三十四年（1945）在西昌木里藏族地区创建国立木里学校。

② 国立艺专由沅陵西迁云贵高原时，组高原社。《高原社歌》为刘鲁也词，梁树祥曲。

生活是痛苦或动摇，但我们要笑。

谁能说黑暗永远不去？

光明永远不到？

我们拼着热血奔走呼号！

高原好！高原好！高原上的朋友肯向前跑！

1939年2月21日　盘县夜谈

在盘县停一天是为了看碧云洞，然而这也可缓一缓，因为我又有一个很好的夜谈，和李朴园[①]先生在盘县。

西南一带是相当于俄罗斯的西伯利亚！

这一句话给了我无穷的启示——

在广大的原野上到处都是有着无穷的宝藏。

这是俄国的文学家形容西伯利亚的话。西南是正在急速的开发中，我们也应该把西南原野显示在国人面前，这是一个新的园地，有着无尽的宝藏。

现在西伯利亚是俄罗斯的乳房，我们也要把西南开发成我们最大的仓

① 李朴园，河北曲周人。国立艺专中国美术史、国文专任教员。抗战期间率领西北抗日宣传队在西北地区宣传抗日。

库。请大家一齐来动手来开发！

关于自己的岗位，时间不允许我再犹豫，我决定应从大处着眼，在文化方面着手。这是一个人的立足点的问题，假如把路线看清楚了，那就没有问题，只要做下去。这就是李朴园先生一贯的人生哲学，其实和我的有点相像，要在工作中忘记一切是不错的，然而我们总是希望这份努力能够得到最大的成就，别人已经开发的园地虽好，但不如自己另外开辟一片新

国立杭州艺专教师郊游合影，二排左一为林风眠，二排左二为李朴园，前排左三为潘天寿，左四为吴大羽，左五为蔡威廉，左六为林文铮

园地。

这一夜的谈话给了我一个更坚决的决定，也是一个欣喜的希望。

碧云洞

在黄昏时我又陪李先生去看碧云洞。在黑暗中，洞里的吼声格外觉得可怕。李先生告诉我他真的那时候有点想要跌入洞中，碧云洞征服了我们。

碧云洞是《徐霞客游记》上的名字，然而褚民谊氏却将它改为清溪洞。碧云洞是指上面的洞，然而想要给洞取一个合适的名称实在很不容易，何况是这个洞天。

本地的人把下面流水的洞称为水洞，上面在半山腰上的称为干洞。水洞是以其潺潺的流水著称，配上一个满是下垂钟乳的洞顶，让初进洞的人立刻就有一种清新的感觉。

假如由干洞望下去，人一下子便小了，怪不得那一位陪我们来的小朋友不肯下来。我们到了下面才知道他说的可怕是事实，等我们下去的时候才知道，自己就是大声呼喊也还嫌小了点。加上四周全是奇奇怪怪的景象，使我们觉得更恐慌了，前面一条涧溪流过来在洞中映着干洞射下来的阳光，绿的是那么绿，白的是那么白，滩声更大了。

盘县清溪洞即徐霞客所谓之碧云洞（李霖灿手绘）

时间不准许我们再继续留在洞中，在暮色中我们离开了碧云洞。我想李先生一定知道了一点洞中的味道了吧！

我画了两张奇石的画。

1939年2月22日　深夜入亦资孔

这贵州的最后一站是终于到了！明天再走一点路，就开始跨入了云南境内。

由盘县到这里公路是九十八里，走小路是七十里。一开始倒也不觉得怎样的长，后来听说只有二十里了，便开始玩起来。结果这二十里倒真的很长，我们在黑暗中至少拼着命赶了两三里的路，又是那么荒凉，听说不安静的就是盘县到平彝的这八十公里，偏偏我们就在这段赶夜路，当然走起来大家都深怀戒心。一直到隐约听到了军号声，心中才安定下来，号声说明了前面不远处就是亦资孔了，而我们也就安全了！

深夜中找到了区公所，多亏了在盘县拿到了张县长给石区员的信。石先生很好客，在乡间极好交朋友，于是因为我们的到来，他把本地的要人们都邀请了来。保安队队长到了，义勇壮丁队李队长也来了，因之我们也知道了这一带的基本状况。这里原是一个县的分区，现在改为第五区公所。住民有两三百户，在这黔西除盘县外，这亦资孔当然是重镇。红军曾经从这里过，联大步行团也有他们留下的痕迹。鸦片是不种了，夷汉之间情感很好，但是夷人的教育程度是必须设法来提高的，他们的问题也是不愿意上学。

从这里到平彝只有五十里，过胜境关后便是云南。

沿小路行来，绿苗一望无际，桃红李白，未入云南已先看见了春天。

——过海子铺有感：

尚未身入云南路，便见春光满田畴。

晴空聚云渐消瘦，映日远山碧见柔。

远水明灭望无际，风动麦苗翻绿油。

红桃白李处处在，分明春色是杭州。

我们明天代做邮差送信入平彝。

1939年2月23日　跨越了贵州边境

由亦资孔出去走了三十五里，便到了滇黔胜境关。这是黔滇两省的分界点，然而在那里一座关帝庙前，明明写着一副对联：

咫尺辨阴晴，足见人情真冷暖

滇黔原唇齿，何须省界太分明

是的，在我们这一般行路的人看来，只觉得这空间是十分密切连续

新中国成立初期的黔滇两省分界点的胜境关牌坊

的。就是有改变，也是逐渐的，人为地区分实在是太生硬了一点。哪怕他们说得那么神奇，说在一座牌坊下面的两边便截然不同，一边的瓦上长满了青苔，但靠那一边便是黄色，因为是有名的乡间谚语："贵州的雨，云南的风。"我们为了纪念，还在这座牌坊下照了张相。

我的结论是：话是这么说，实际上两边毫无区别。

离开了贵州，便有意给贵州一个总结。在原先，我们想象中的贵州应该是一个很贫瘠的山区，然而真正走了一趟，便觉得贵州原来是这么一个蕴藏丰富的资源宝地，实在也可以称为中国的乌克兰。以矿产为例，在沿途许多走过的地方，都把我们的草鞋染成了黑色，这是煤。也许贵州的煤不比山西的少。在许多人家，我们便看到他们的房子边就有天然的煤坑。时常看到一个人入山便立刻带来了两篓黑煤。假如在贵州修一条铁路，那首先煤是足敷贵州自己使用的，还可以运出去。待开垦的土地有的是，气候的热，保证可以有良好的收获，许多的难民因为战争正迁入西南，贵州正在开发中。

贵州民性善良，也许是因为多山的关系，十分质朴。在开始的时候我们不是都以为贵州人说话太难听吗？真正地经过了我们实地走了一趟才知道，原来完全不是这么一回事。他们唯一的缺点就是不知道言语修辞学，不会说客气话，但是有着一颗诚实的心。所以我们有时候和他们说客气话时，他们便常出现“莫名其妙”的表情，因为“客气”这两个字在他们的语言字典中是没有的。真正说起来，他们真是有山中人好客的古风，在我们好几个住的地方，都真的看出了这种古风。经过了一个他们的农历新年，和沿途所见的风土人情、建筑碑石，贵州实在与中原是同一个系统。有许多人说苗族是由中国黄河流域下来，再加上明朝的“调北征南”，到现在许多侗家都是江西籍，所以这里还是中原文化系统。

关于贵州另外有几个问题，也需要个别来总结一下。

第一是汉族和苗夷混合的问题。苗人多住于黔东，多半已汉化。但黔东一带的汉人欺负苗夷，因此情感并不太好。应该要做的是提高苗人的教育程度以及消除汉人对他们的歧视。夷人多居住于安顺以西，几年前还相当野蛮，近年来已好了很多，汉夷之间情感尚好，只要注意提高夷人文化就可以了。总结：自抗战以来因贵州地理位置重要，便应加以注意汉苗、汉夷之间的情感问题，因为新迁移来的汉人并无成见，因此事情应该是趋向乐观。我相信当抗战胜利后，贵州境内民族间的相处问题一定会是十分和谐的。

第二是鸦片问题。因为政府的雷厉风行，于是贵州这几年便有了一个崭新的面目。虽然我们也听到盘县某一地区还有仗着地势险恶，并不遵从政令，继续栽种的事，但是基本上是绝迹了。这与从前只割掉公路边应付周览团的做法是完全不同了，这也证明了保甲制度渐渐健全了起来。不过，应该注意的是原先鸦片是贵州的重要经济收入，现在一下子禁种，那无疑地现在经济会是很困难的，再加上粮食涨价，贵州乡间人民实在是生活在水深火热之中，国家应在这些地方多给些补助。

第三也是最令人悲观的就是兵役问题。贵州人吃苦耐劳，尤其是因为多山的关系，身形多半轻便，是有名的制式山地军人体型。但是贵州人保守，尤其现在一下子忽然要征兵，又不给予充分的训练，使得人人视当兵为畏途。各乡区对兵役问题都觉得很棘手，壮丁事前若知道，每每先跑，就算没跑的进了部队也时常跑掉。十个壮丁进来难得有三个仍会留在部队，据说在云南边境有一个地方竟因此激起了民变，他们说这是“官逼民反，不得不反，若要不反，一不当兵，二不出捐”。这个说法，真是令人啼笑皆非。

贵州现在通用法币，然而辅币不够用，乡人又不大用中国、交通等银行的纸币。在这一路走来每一角钱换铜圆的数目，有五、十一、十二、十三不等，这不是办法，对国家银行的认识是要从教育着手的。

贵州的风景以溶洞最为出色，我们相信将来会闻名全国。此外红崖碑应该找资料来研究。

在普安看到那么多同学，在平彝也遇到，使得这一次步行之旅增添许多高兴的事。

在过滇黔胜境的关帝庙中，有著名的翯琴碑。

1939年2月24日 在和风斗争中

在满天都还是星星的时候，我们就爬起来了，送走了野伢儿她们，把翯琴碑的残片交给梁树祥，到现在还不知道在盘县扔给我们黄果的是谁。

早晨，先买了点当地的年画就开拔。由平彝出发，完全不是如我们所预料的样子，仍然是在那么荒凉的山丛中爬。不是说到了平彝以后，就是一望平原，一条公路在满是黄菜花的田畦间一直通到天边的吗？那完全不是这回事。其实，由地理形势上我们也可以想象到，假如过平彝就是平地，那么曲靖、沾益就不会有那些历代有名的战役了。

云南的风，首先向我们示威，我在山上行走的时候，不但得身体倾斜侧着身走，而且有时候连呼吸都被风给压制住了，被吹得倒退几步是很平常的事，所以今天虽然只走了六十里，但是我们到白水的时候，都已经疲惫不堪了。

现在是有点由山下渐入平地的感觉了，白水就表明这里有条水。在路上看到很多的人背着白菜向平彝去贩卖，由沾益花五六角的本钱，到平彝可以卖到四元左右，但是这可是来回四天的路程。

因为近水的关系，这里有很好的荸荠，三角钱买四斤，三人几乎把它给吃完了。后来听旁边乡人说吃多了会流鼻血，我们这才赶快停嘴了。至于青菜有的是，因为我们再三交代的关系，老板倒也真老实，真的只捧上一小“缸”的青菜来，使得我们吃得躺着起不来。

因为沿着大路走的关系，路上只见到一个那么可怜的凉水村，此外再也看不到一个人，就这样到了白水。这是一个分县，现在只剩有二百户人家，说是因为税捐太重，村民全逃往山中去了，听后真是不胜感叹！

——送给我的朋友

由山地过来，走过平彝后，

我是在春天里行走！

桃红李白固然是告诉了我这是春天，

然而我的春天是在我的心头。

你可曾知道一个人心情愉悦时的味道？

那一分钟，可以体会出无限的永久。

欣喜充满了宇宙，像一个晴朗的天气，

我是一片白云，在无边的碧空里任意遨游，

没有束缚，真的得到了自由。

在这个心情下，我们是心映着心，

我的朋友，

在行进中，我们永远是手握着手！

1939年2月25日　穷苦的沾益

奇怪的是我今天心中有一个晴朗的天气。一年之中，难得有几天是这样的怡然自得。宇宙中都充满了欣喜，像释家所谓的“悟”，像艺术家所谓的“得”，想到自己的许多朋友都在成功的路上奔跑，在朋友的拱卫中，我更觉得欣幸。

我们在近沾益的时候，开始脱离了山岭的掌握。一片平原使我心灵上觉得自由，麦苗如一片碧海似的，平铺在大地，让我们嗅到了一种大地亲切的土味，在太阳还是高挂在天空上的时候，我们到达沾益县。

每日的开销开始便宜了起来，二天一宿合大洋三角五，一方面是因为生活水平低，一方面是因为大洋折合滇币占了些便宜。明日三十里到曲靖。

这儿的人很憨厚老实，说话不多，不过穷苦得可观。沾益实在是一个很穷的县份，现在这里住了近两千名的兵士，但是一切都算还好，只是一路走来见患大脖症的人很多。

由沾益出发到曲靖不过是三十里路，然而仍然是觉得不舒服得很。也不完全是因为天气，而是这两天来我食宿都不很合适。尤其是睡觉，连着两夜我都为臭虫闹得寝眠不得。所以今天一到这有名的曲靖，马上和老板商议放上些他们过年时坐在上面的松毛，我相信臭虫不会来了，今晚一定会有一个好的觉睡了。

曲靖以韭菜花面名闻全省，一试之下面虽然有另一种风味，但并不是所想象中那么好，还比不上那天我们在亦资孔吃得有味道。

从贵阳出发到平彝为止，我们完全在万山丛中行走，心头上似乎有一种说不出的压力，眼光因为被四周坚实的山所约束，开始变得狭小。我们早就渴望着看一看广大的原野，舒缓一下胸怀，在沾益开始有了一点这种趣味。今天一路走来便完全恢复了北方一望无际的景色，路在平原中延伸，碧海似的麦苗，红色的土地，让我想到北方的原野。

曲靖是滇东唯一的大县，也是军事要地。在这里有许多新建的黄色营房以及到处都是穿着绿色军装的士兵，这也是一个我们的复兴根据地。这里有一个很不错的曲靖中学，内有十二班学生。有名的小爨碑就放在学校内，我一个人在那里看了半天，预备晚上去拜访谢校长谈一谈，他一定有些资料的。

当天晚上我们住在曲靖一间很好的客栈，睡得十分香甜，但是一片木材燃烧的光把我惊醒了，明灭的火光中隐约看见一个小女孩在捧着一盆水进去，屋内传出店老板吆喝的声音。一会儿又看到她捧了一大锅饭进去，也许她感觉天气太冷了，她总是把手不停地放在火上取暖，外面不时传来过年节的爆竹声，屋内一阵阵的嬉笑声，还夹着搓麻雀牌的哗啦声。

天什么时候亮啊？

1939年2月27日　马龙

在曲靖发了两封信回家里，都是报告我到了曲靖，就等于是到了昆明的乐观消息。然而这路程实在不是像我想象得那么乐观，今天一天又完全是在山中，虽然坡是不大，但荒凉得厉害，原以为自曲靖此后是一片平坦，谁知道这昆明还远在天边呢，我们仍是在一步一步地往上努力爬。

从曲靖动身之前，得知由马龙到易隆这八十七里路不太安静。我们这一路行来，土匪是没有遇到，但是每天都在这种恐惧中度过。今天这三十里路，我们只在“大海哨”吃了一点粑粑，便赶来了马龙（邮戳还是清朝的，所以是马龙州）。在行进中间，还有一辆小包车自动停下来要带我们，我们没有搭。

到达马龙后，知道由此到易隆的这八十七里中，近日来未曾出事，而且还有苗兵巡逻（这是我第一次看到给苗兵的任务）。苗兵他们用的是一种铜制的明火枪。苗兵能吃苦，枪法又打得准，假如你的东西被土匪抢去，他们舍命也要追回来。所以这一段路应该是没有问题了，只要出一点保费就可以了（滇币一角）。我们后来到县政府要了一份公事给苗兵首领韩队长，我们相信明天会有苗兵护送我们。

张县长说有一种“沙”人（介于苗汉之间）能放蛊，而且并不限于女性。

1939年2月28日　易隆

又是一个奇异的邮戳。

在花香中走了一整天，原来以为八十七里是了不得的长路，但三个二十九里走来，既没有大坡，又是完全在丘陵地上行走，一路花香，满是梨花、海棠花、红白杜鹃、血红的月季花，云南的确是花多。沿途见很多的妇女在采摘海棠花当食物，这样美的花吃下去应该有美的人儿了吧？但是我却没有看到一个，这些人白吃了这美丽的海棠花了，她们哪及我们在苗区看到的那么多美丽深邃的黑眼睛？

在下午4点钟，我们轻松地到达了我们的目的地——易隆。

现在开始使用滇币了，最先看到一个卖鸽子的。这是我第一次看到有人拿鸽子作为货物来卖，问他怎么卖，四块半（四毛五）一只。到了住宿的地方，客栈老板娘厉害得很，每人要收三块五（三毛五）宿费。

苗家兵的威风——

我们很不幸地失去了这个难得的机会。

在县政府张县长对我们说给苗人保路的任务是从这里开始的，两个月来成绩意外的好。不错！在曲靖那一边就听到由马龙到易隆之间匪患的“闹祸”，然而到马龙住店的人都说不怕，因为现在有苗兵在保路。我们见他们那样神奇地相信，便也创了一个口号——

不怕不怕，苗兵保驾！

这一群苗兵是由一位韩姓的苗人队长率领，我们拿着县长给他的信，请他派枪兵保护我们。我们心中都很兴奋，这一下可以与这支奇异的兵队合照做纪念了。韩队长也是苗人装束，我们28日黎明由马龙出发，虽然这是一个八十七里的大站，但是想到今天要与苗兵同行，心中反而急切得很。

这一站走小路是八十七里，如果沿公路绕据说有百多里。我们当然走小路，不怕强盗土匪吗？有苗兵保护还怕什么匪徒强人呢？

八十七里的路很巧妙地分成三段二十九里路，在过了第一段的梁龙庆（音）后，又走了一段路后我再也忍不住了，苗兵在哪里呢？虽然县长告诉我在四十里外的地方去找，但是找不着，找了一位熟悉路线的挑夫来问，结果三言两语就解决了。

原来是去岁冬防吃紧，这一带荒山中不断出事，县政府没有办法只得请当地的苗兵来保路，此地苗人住的地方离这里很近，这位挑夫指着那一带青葱的山说，那边就是苗人的家了。县政府前去商请他们出来护商保路，这里的苗民已经汉化很深了，他们服从了县长的指令。

这些苗兵可是中国从来没有过的军队，穿着奇怪的服装，使用奇怪的武器，既不用我们想象中的盾牌长枪，也不用现代化的自动步枪，连手枪也不用，却用他们打猎用的铜炮枪。他们一个一个都是打猎的能手，打飞快的兔子都万无一失，现在大材小用打起土匪自是百发百中。

苗人保路保得真好啊！土匪把东西抢走，他是一定把它追回来不可的。牲口给拉走了，那他是一定要打到土匪家里也把牲口拉回来才罢休。

这是我在镇远一带徒步通过苗区时听他们说起过的，苗人对公务从不敷衍了事，要他们去打山间土匪就是真的去拼命地打，这种实在的精神让我们很感慨！

去年冬天近年关的时候，这一带不断出事，县政府没办法就让苗兵来保护这一带的安全。也只有他们能吃得了这种苦，汉人是受不了的。在他们是无所谓，晚上就住在山里吃些很简单的食物，打起土匪来那勇猛得很哪……有这么一件事情，就是在我们过的黑泥哨那一带，一群土匪吃了大亏，一下子给苗兵打死七八个，还失了两把快枪，但是苗兵他们也不要那些快枪，仍然用他们的火药枪。经此一次后，土匪一见苗兵来保路，就吓

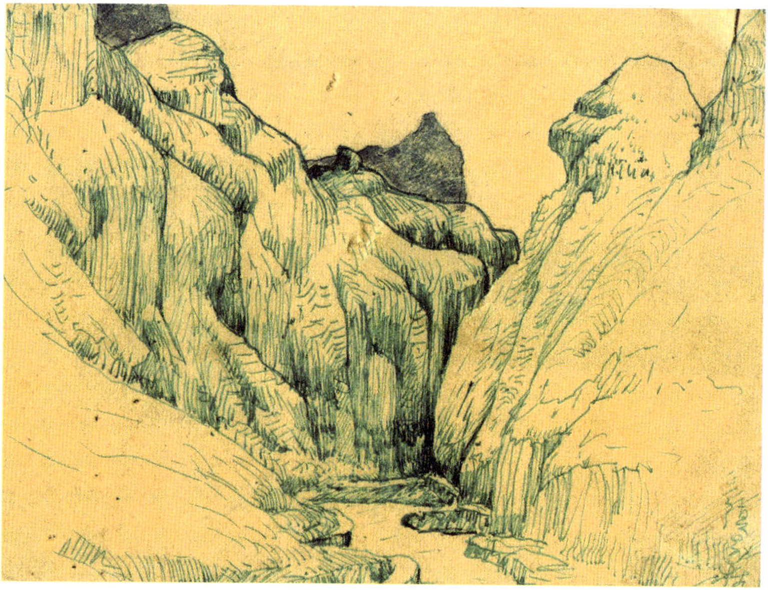

镇远一带山景（李霖灿手绘）

得再也不敢出来了。

有几个土匪？

好几十个呢！

苗兵有几个？

只有七八个。

苗兵有伤亡吗？

苗兵没受伤，还得了两支枪。

这么厉害？

土匪一见苗兵吓都吓坏了，只顾跑，苗兵见了土匪便直冲上去，他们的铜枪打得准啊，全是生铁的子弹，打出去就是一大片，要打哪里，就打哪里。自从那件事以后，这路上就没再出过事啦！

怪不得这些路上的脚夫都对我们说不用怕，有苗兵在护路哪！

他们今天恐怕不出来保路了，不过不要紧，而且我们也过了出事的地点了。

苗兵的威风虽然保护我们过了草鞋桥古城，但是实在不幸的是，在这天没有看到我们想要看的苗兵，给韩队长的公文还在我们口袋里。

在离开易隆五里的关岭坡，有汉丞相诸葛手植之树，在一土堆上，人云为孔明坟。四公尺处有一碑，“汉武侯南征会盟□”。最后一字不清，应为“处”或“地”，漫漶模糊不可辨。

1939年3月（3则）

1939年3月1日　公路上骗人的“杨林”木牌

按照地图来看杨林离昆明五十公里。不错，我们真是在五十公里处见到杨林的木牌，但是也仅仅是竖立的一个光杆木牌，除此之外，便什么都没有了，一片旷野，一湾流水而已，假如误会这儿就是到了杨林的话，那恐怕只有露宿一夜了。

在步行进省的路上，杨林是一个大站，一百里的路可以分一天走或两天走都可以到达昆明，为什么不在这里岔路的地方竖立个木牌，指明杨林的去处呢？公路局这一点上实在很可以帮一个忙的。原来杨林并不是在公路边上的，它是在五十二公里处，还得从有一堤柳树的地方向南延伸进去。

因为公路上不准马在上面走，所以他们马队和我们分开走也是常事。等到我们看到许多驮马络绎地往那边走去时，我们这才知道杨林还在那头呢！这也不能怪我们这群书呆子“一就是一，二就是二”的脾气过于执拗，原本这杨林就还有两公里路呢！

我们回头由一条马走的路上了一个山坡，结果这才看到杨林的市面原来是这么惊人！虽说它是嵩明县的第五区，但是却比县城还大，比马龙都大。听杨区长讲这儿有三千户人家，除了曲靖以外，我们这一路上还以这杨林为最大，居然连卖皮鞋的店都有，街上很热闹，还有贩卖著名的陈氏肥酒和虾酱。

由这里到板桥在冬防时期有保路的，还收钱，每人是五分到一角不等。现在是春天，所以不需交钱了，杨区长说明天一定会派人送我们。

今天才看到了我所要看的平原景色，一排疏疏朗朗的柳树，远近明灭的水田，几乎和绿色的麦苗分不开。一望无际的田畴，红色的土，配上金黄色的菜花，我几乎要误认为这是江南了。

明天这里赶街子，我们预备赶街后再走。

1939年3月2日　赴板桥途中过长坡有感

红土山连绵起伏不断，一眼望去黄色的茅草长上青天，满是矮矮的柏树、松树在生长中须要长期和高岗上的疾风奋斗。人行在中间，便见白云在草头上四面飞遨，公路在曲折盘旋，每转一个弯便是克服了一个困难，四面看去，只有我们在公路上行走。啊！这可真是章回小说里形容的“风高月黑杀人夜”的所在，在每一年的冬防时间，这里的土匪使得每一个行人心惊胆战。

如果治安是这样下去当然不行，这样一条重要的交通线不能不想办法。于是就有了这样一个方法，要一部分的兵士来护路。在易隆地区过苗兵保护区时，他们说这一带的哨兵对每一个过客驮马都要收保护费的，每人一角或五分不等。我们刹那间又回到徐霞客的时代里去了，收哨钱是一件使行人很以为苦的事，但是这是一种变通的办法，虽然不是长远之计，然而却也是各取所需，我知道这个政策是不会也不可以长久的。

在由杨林出发的时候，我曾问过好几个常走路的人，他们都摇头说我们要区公所派枪保护是多事，用不着，现在路上平靖，一点都用不到人家来保路，沿路都有工人在修路，不错！在沿途看到不少地段在施工，一条有战略意义的铁路正在全力修建中。

听到乡人们都在说那火车可是只大蜈蚣，所以将来坐火车可千万不能带鸡！

在长坡果然见到成群结队的人在工作着，一条用血红的土堆成的路基，还有漫山遍野都是兴工要用的木材，铁锤敲打的声音震得全长坡都在叮当作响。

你应该看这广大的人群，这是不可征服的力量！你应该来看看这条长线的路基，它会给你一种自信！每一下的铁锤声，都是打在敌人的心脏上，胜利将属于我们。

我们放心大胆地前进，这一切都告诉我盗匪是不会有了，也没有人骗我们，在建设中一切不应有的现象都被征服了。

目的地近了，凡是走路的人都知道草鞋是越大越好，在杨林有一种赭红色的草鞋，宽大得可以把皮鞋都套得上。一路近三千里走来这是最使人心喜欢呼的草鞋了，拿到手中又有点舍不得穿，穿上去有什么感觉呢？有点像在地毯上走。不用问了，又是晴天！

昆明近了一切便不相同，首先是茶馆多了，原来走路一个茶壶是不够用的，尤其是渐渐接近昆明，就是渐渐接近夏天，水就更供不应求了。然而自杨林附近就渐渐不同，近昆明了，路上行人渐渐多了，茶馆也按比例多了起来。小小的村落总是有三四家乡村风味的小茶馆，我们每天走路的方式也改为散步式的前进，曾经一天走过五十公里现在一天只要二三十公里，真是太轻松了！见一个村落便进去喝一杯茶，原来水不够喝的，水壶现在在肩上都感觉那么沉重，根本就用不上。吃完了茶，背上行囊再出发，我们接近目的地了！

我们由杨林出发几里路便吃次茶，并不是口渴，实在是一种兴致。因为每次出村来我们就一路高歌，想到明天我们就把这近三千里的行路结束了，好像昆明有许多美丽的希望在等候我们似的。

又往前走了一段路，是什么地方啦？啊！又是长坡在前头，吃茶！不怎么够味，隔壁有很香的腊肉面，三个人叫了六碗来吃。啊！味道很不错，好得很呢！长白是南方人，不爱吃面，我便索性连他的一碗也替他吃了下来。

我们便这样五里一茶、十里一饭地前进，到了板桥，这里离昆明只有二十公里了。我知道同学们早就预备好了的茅台酒与那么许多可爱的心在等我们！

先看见一片明明灭灭的“海子”，衬着远处隐约浮现的山峦，天色苍茫如一抹青烟。进了云南，便再也用不到担心天气，每天都是晴天！在板桥东边所谓的东桥胜境的地方，就是一排密密茂茂的长松中间夹着一条青石的大路，假如把西湖的柳树、桃树换成了雄健的长松，把柔媚的西子变换成无际的原野，那就是东门外一带的景色了。

远处一片水是“海子”，也许是滇池吧！如烟的远山中，隐约地有座突起的高山，相信那就是五华山了！

前进！明天就是我们梦想的昆明！向后看一看，是我们用双脚辛苦走过、丈量过的近三千里锦绣江山。

前面一座山岗挡住了我们的去路，告诉我这又是一个艰苦的攀登；但是我的心告诉我，爬上山顶，那一定是个新的动人景致！

我们是这样一路走来到达目的地的。

1939年3月3日　昆明

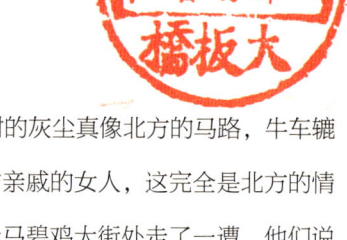

由板桥出发，在和大风奋斗中。满树的灰尘真像北方的马路，牛车辘辘地在公路上走，上面坐了一些像是走访亲戚的女人，这完全是北方的情趣。进昆明后，这不是开封吗？晚上到金马碧鸡大街处走了一遭，他们说有点像北平，许多红顶的洋房又像杭州。

我们住在翠湖与圆通两个公园之间，两个公园都很近，昆明也不戒严，大可以随时来这里读书。光是这一点我就满意极了。

高原社同学在路上迎接我们，又安排了一位向导协助我们，是很可感人的，只是晚间的欢宴，让我觉得有此必要吗？

我觉得工作要紧，要拿出计划来！前进！前进！

贵州的苗民

横贯贵州全省的徒步旅行，使我们有机会认识了这一些亲切的远方弟兄。

在镇远开始看到苗汉合作的标语，我们进入苗区了。

苗民的分布区域多与山陵有关系，在黔东是施秉、炉山一带，而黔西就以安顺、关岭为中心，依照通常人的分法，黔东一代以苗人为多，还没有夷人的称呼，过安顺后夷人渐多，与汉人方面的情感也以黔西为好。

在政治上苗民完全受汉人的支配，苗夷原有的组织，已经逐渐解体了，听说黔东尚有苗王的存在，然而他也受汉人的节制，只像是一个传达的机关。事实上，地方政治负责人都异口同声地说苗夷最富于服从性，从来不抗命令，而且对命令彻底地奉行绝不敷衍，要他们去打匪，他们就真的拼命来打，绝不推三阻四。

苗夷人的本性直（质）朴、诚实、勤快。汉苗之间，所以有点隔膜者，一部分是两方面文化程度相差太远，另一部分是过去政治设施不良。苗民最崇拜那位羽扇纶巾的诸葛亮，把他当作神明敬奉（施秉有诸葛洞，沿路诸葛遗迹很多，云南南部夷人崇拜孔明尤甚）；但对当地的汉人，因为经过了多次的吃亏，就深有戒心了。所以如何使汉人不再歧视苗人

贵州的苗民

是黔东一带最切要的工作。和这并行的是提高这些远方弟兄们的文化水平。近来贵州省政府在这一点上很努力，在安顺就有专为苗民设立的中华小学三所。在云南省境以内，最近正在计划推行整个的边区教育。

他们的生活，简单到不能再简单的地步，经济大权完全操在汉人手里。他们从前使用银子，现在则通用法币，不过他们只喜欢中央银行的钞票，说是“老中央”中国银行的票子不大喜欢用，交通银行就更差，乡间简直不要，反而是中国农民银行的票子受他们欢迎，说是“红票”。

言语方面，大部分苗民都兼会讲汉话，反之汉人会讲苗话的为数极少。苗话中形容词总放在主词后面，于是，甘蔗就变成了“蔗甘”；在黄果树一带有地名叫“鸡公背”，就是因为他们把公鸡喊作“鸡公”，以后大家就相习成为固定的地名了。一直到现在夷人还不说“你哪一天来”，都说“你来哪一天”。

关于他们的习俗，因为我们只是匆促地旅行一趟，很难给一个详细的调查，他们各种族的类别也是专门学者的工作，我们只把认为有意味的记下一些。

使我们发现一种特殊新奇的情趣的，是他们的装束。花苗是最热心装饰的，由他们的名字就指出他们的特性，有时候他们的装饰简直成了一种负担，听说在他们的节季或宴会时，银器一项有重至几十斤的。他们的服装完全自己用蜡染上奇特的花纹，长裙的细褶多得使你几乎不相信。据说他们的裙子永不脱下，破了就再罩上一件新的。

盛装的苗人

镇宁地区的布依族人

他们的服装色彩似乎有一定规律，在安顺看到结构奇特、别有风度的“纠纠苗”，他们多使用红色和白色；关岭一带的“夷家”则大都是用很新鲜的一种深蓝色，在上面加印着白色的旋纹。

赶场是他们很重要的事。场，不但是交易的中心，也是他们日常恋爱的场所。场期都是以十二属相为准，而且小一点的地方就拿场期作为地名，如猴场、马场、龙场等，这是苗汉交易的日期，很热闹。苗族男子服装已和汉人相同，不同之点在他们走路是“踏”的。赶场的苗族妇女，可以分作两种：

一种是真来赶“市场”的，以老年妇女为多，拿自己的草鞋粮食来换汉人的食盐、日用品及烟叶等。

苗族妇女（李霖灿手绘）

时常看到一个老年的苗夷妇女，很艰难地背着一个大口袋，里面大概装上粮食，手中还提着一串手工做成的草鞋，在市场上求售。和汉人五个铜板六个铜板在讲价还价，最使我们惊讶的是她汉话的纯熟。普通人都喜欢买苗夷妇女打的草鞋，因为她们打得结实而耐用，有一双鞋走了三天路还没有坏，大家都说这是草鞋的最高纪录。

苗夷老年妇女的生活很悲惨。男人的懒，并不单是以苗人为然，年轻的女孩子又有自己的工作，于是大部分的事情都放在苗族老年妇女的身上，市场上满是她们，有时她们背粮食的重量使年轻力壮的人也害怕。常看到，一面背上了一个筐笼，装的东西重量也是可观的，同时抱着一个小婴儿，手上还要拉着一个小孩到市场上来。

赶场的苗族同胞（李霖灿手绘）

年轻女孩子来赶场的，就是另外一种场——情场。我们从不例外的，在每一个场上都可看到一群一队的女孩子站在或坐在石阶上，在街旁边指手画脚地乱讲乱笑，好像是在评论人的样子，都是穿着崭新的衣服，对于买东西她们完全不管，她们当然是另有其他更重要的目的在，每一个场散了之后，我们也可以看到爱情追逐的穿插，每一次赶场实在是给她们一个恋爱的机会。

关于苗夷人的恋爱和婚姻，在我们觉得是最有趣而且极有诗意的。先讲他们的恋爱：我以为最“摩登”化的自由恋爱，在苗夷人看来实在不算一件事，而且老实说起来，他们还是自由恋爱的始祖呢！

仍然可以拿赶场来开始，一个苗夷的女孩子到了相当的年龄，便来这情场上学习，听说家中父母对这事不但不阻止，反而认为是正当，而且有一些还加以鼓励，于是这些妙龄苗女便开始从她们的“先进”学习恋爱的一切方法，尤其主要的是唱歌。我们有一个机会在场上看到两个大女孩教一个小苗女唱歌，大的拍手踏脚地在唱给小的听，小的也专心致志地在学，我们很有意听一听她们的旋律和节拍，但当我们走近一点被她们发现，都停止歌唱跑开了，大概一部分是怕汉人，一部分是怕难为情。我们远远地听到一部分，虽然声音很低，字又听不懂，然而还是可以听到是一种相当“缠绵”的曲调，也许还是循环的。据说她们唱歌有几种用处，首先在恋爱聚会中用的，这又分为用来难倒对方和倾诉自己情愫两类，其次在婚丧宴会上用的。

请看他们的恋爱充满了音乐的诗意，现在我们假设一幕爱情的喜剧这样开场了……

时间：是赶场回来。地点：在回家的路上。

女的穿着最漂亮的衣服，由后面传来了男苗的歌声。这是世界的“公理”，总是以歌颂女的美丽开始，女的听在心里但一点没有表示，男的抑制不住自己的热情，便出场正式歌唱出对女的爱慕之深意，女的这时候一贯地不去理会他，但也在仔细体会推测，要由歌词旋律中看出对方的一切，但是哪怕她认为很好，也总是先给男的碰一次壁，头也不回把背部面向对方（这大概是她们一种表示拒绝的姿态），然而她开口了，不过不要过于乐观，这时候她唱得很“冷”，大都是：

“你这家伙不要纠缠不已，我叫我家哥哥来打你……”这一类拒绝之辞，然而男的这时候便可以判断她是真的拒绝还是假的推辞。假如她不高兴恐怕也不会有回答，于是男的便固执地再继续唱下去，他的歌词果然巧妙，使女的心弦也起了颤动，于是她的回答跟着来了。男的赶快应答上去，两个人的距离渐渐接近，便坐在大自然的怀抱里一唱一答，每每把个人家中最琐碎的事，甚至于几只狗、几只牛都唱了出来。听说在这时候还有一道很难过的关口，女的每每故意以难回答的问题唱出来要对方回答，

安顺地区的屯堡人（凤头苗）

大有“苏小妹三难秦少游”的样子，时常男的就被她难住了。

假如没有把男的难倒，家长里短也都唱完了，双方也都互认为满意，于是一对情人就算成功，我们的戏也可以在鼓掌中闭幕了。

可注意的是这喜剧从头至尾都是用歌唱的，请问世界上还有比这更富于音乐的恋爱？而且他们的歌词都是实时创作的，那也可以想象到他们的音乐的天才。我想，假如汉人中就是在音乐专科学校毕业作曲唱歌都是考第一的，到苗区中找一个苗族情人怕也不大容易吧？！

他们的结婚仪式很隆重，不但新娘穿上她最好的礼服，她一族的女伴，也一个个盛装，时常多到一百多人都是一样的打扮，使我们简直分不出哪一个是新娘。在往男家的路上，我们可以想到那如锦如云的艳丽长列就这样拥到新娘的家门，于是盛大的宴会开始，饮酒中时常比赛唱歌，胜的有奖，新郎称新娘为“表娘”，新娘称新郎为“表哥”。奇怪的是他们所谓结婚时常是一种形式，在结婚的当天，所谓“表娘”者还要由她的女伴拥护着回到自己家里来，不过经过这形式就算结婚罢了，在每个节日如端午、中秋等或者农忙时候才到“表哥”家来住两天，一直等到生了小孩子，这才在男家“坐家”，不再回娘家去了。

听说到还有一种打牙仡佬，女子在出嫁的时候，要把门牙打掉，说是不然就会妨害夫家。

丧礼中有所谓“砍牯”的特殊习俗，人死了用一头牛砍死来祭，这通常是由死者的女婿来执行的，但是听说还要由姑舅家人出来做阻挡的形式，因而有时会由此真的闹出冲突。

在志书上看到还有一种特异的丧仪：

克孟牯羊苗　亲死不哭，笑舞浩歌为之闹尸，明年闻杜鹃声，则举家号泣曰，鸟犹若至，亲不复矣！

这种因景触情的悲哀，的确也是我们时常深切感觉到的。

我们最注意的是苗民的一切艺术，但是最使我们认为遗憾的，也莫过于经济及时间不给我们一个充分考察收集的机会了。我们因各方面的限制，多么可惜地只算在苗区内白白走了一趟，然而由我们走马看花地跑过，已经使我们知道在苗夷区中有许多艺术的宝藏可供我们去开发。随手收到的一点材料写在后面，实在是太少了，我希望能有个机会补充起这个缺憾。

由于他们奇特的服装已经供给我们不少资料，他们衣服上的花纹，最通常见的是仲家[①]，他们用一种白色的螺旋形的纹样，印在深色蓝布之上，中间一个大圆圈，四周六个分支出去的圆圈。使我们起一种特殊的感觉的是它的白色纹线就这样一直圈到里边去，又直接，又原始，而且颇不难看。另外我们在看红崖碑的时候买到一块黑苗（青苗）绣花的布，大约是他们袖子上用的，布是黑色，用深蓝、深绿、浅红的线刺成，也夹杂一点粉黄、天蓝，中间是一块菱形的中心，四面的长条，随意刺着也似乎是

---

①仲家，布依族和云南部分壮族的旧称。

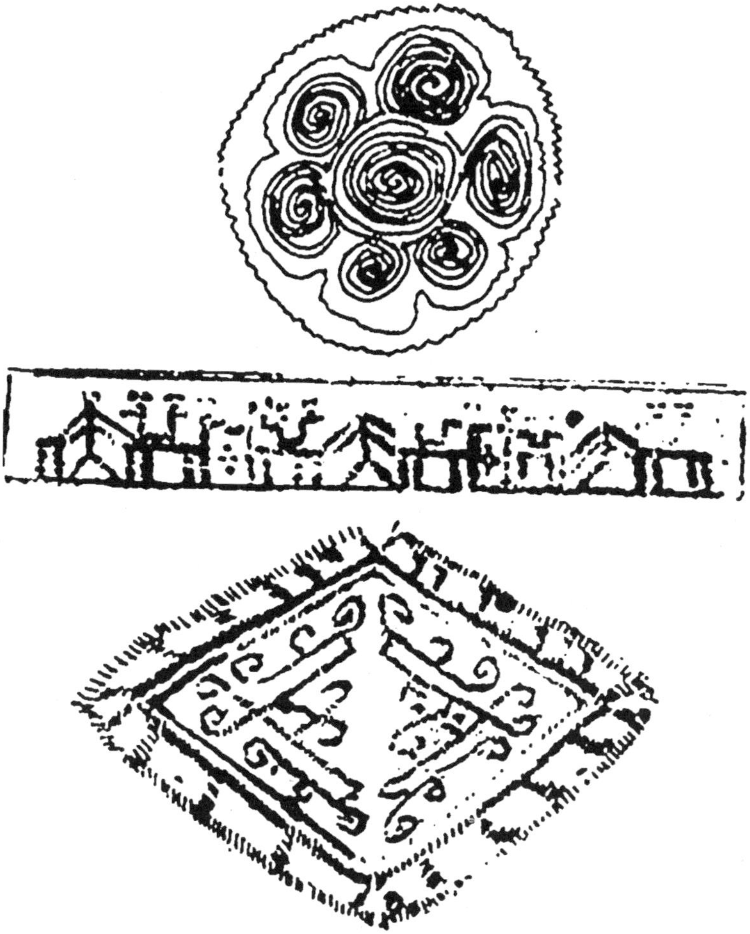

苗族服饰上的花纹（李霖灿手绘）

图案，也似乎随手刺上的东西，我们很喜欢那又规则又稍微有点变化的曲折，看上去很像一个人牵着两匹动物的样子，每一个人头都换一种非常鲜明的色彩，如果开始这一个人用了粉红，第二次这人出现用浅绿，随后又用红黄等。

苗夷的音乐，器乐方面当然是芦笙等，但是在前面说他们的恋爱时，我们可以看到他们歌唱的本领。有人说过，民族越近原始，则他们音乐的感受性越强，那苗人他们有好的音乐才能本不足怪，再加上他们以这有关终身大事，那当然逐代都努力不懈，所以苗夷里面也许有一部分很好的音乐人才埋没在那里。在关岭时我们住在一个夷民的小学内，他们说苗夷一旦懂得音乐上的常识后，老师无论唱哪一个歌，只要唱过三遍，这一群苗夷的小音乐天才便马上会唱了，假如有人去采集他们的歌词、旋律、节拍，这里面应该有很丰富的数据。

到底苗夷他们有没有纯正的绘画，那不大清楚，但丽江一带的“纳喜”（即纳西）族还有象形文字存在，很近乎图画，也许他们还会有一点绘画。在普通苗人，我们在他们蜡染的过程中看到一点，不过，苗夷本身就是一个最好的绘画对象，倒不是他们特异的服装，而是他们都有纯真的表情。在现在不得不戴面具生活的社会上，我们也实在分别不出真假，每天和我们周旋的人我们实在把握不住他的表情，学绘画的人追求的是真，但这很难在我们周围找到，反而在苗区，我们看到多少美丽的黑眼睛，一个个都发着真实的光，他们的心情我们看得很清楚，高兴就天真地笑，看人也是正着眼睛认真地看，就是害羞也是纯真的害羞，和现在我们周围假的躲藏的眼睛一比，我们觉得他们更亲切些，使我们想到为什么高更（Gauguin）要到野人的海岛上去绘画那时的心情。再者他们对事物的观察，和我们的观点不同，也许他们比我们观察得更真一点，这方面也可以给我们不少的启示，这个在我们看原始的艺术品时也每每产生这样的感觉。

这次近三千里的步行，使我们认识了这一群亲切的弟兄们，不但得稍微知道一点他们各方面的情况，尤其可珍贵的是供给了我们不少的启示，在艺术上的最多。我相信总有一天，“机会”会准许我，使我对这一群可爱的兄弟姐妹们，有更深一步的认识。

1939年6月

西南洞天——牟珠洞

洞的意味本来是不大能描写的，甚至于用图画表现也都有点困难，又何况是这么玲珑剔透的牟珠洞，很像是大自然恐怕人家不相信它的神妙，便拿出手段来做一个玩意给你看。钟乳也能有这么多的变化，一层层累积成宝塔、宝幢、万民伞的，垂下来成四明灯一盘香的，起伏滚转成狮、成象、成佛手、成净水瓶的……不知道有多少！因为全洞该是由钟乳凝成，你可以想到其内部的无穷变幻，这已经够妙了，尤其是那么奇怪经那位八十高龄的老师傅指点起来，简直是头头是“道”。

怎么会这样巧，洞的进口迎面就是一座九层钟乳凝成的透花宝幢？老师傅十分诚心地介绍给我们，这上面供奉的是飘海观音，入洞全得靠她菩萨的保护。我们对于这个小小的泥塑并不感到什么大趣味，只是这老师傅的雅、静风度，使我们觉得在这种地方多么好地可以做诗意的欣赏。

老师傅年纪太大了，不大能行动，平常都是由他老人家的徒弟带人进洞看，这一次听说我们都是海北天南来的：

“啊，你们远路来拜菩萨，好！好！我带你们去看洞。”

站在洞口宝幢旁边，他老人家一只手扶着长竹竿站稳了向我们介绍：

“这上面是飘海观音，入洞得她菩萨来保护，好，我来给你们引见引见！”一只手由那又长又大的袖子展了几展，极像是京戏里面老仙人的动作，慢慢地伸出来，指着石幢前的拜台：

“来，来，你们来拜见观音菩萨！……来！”

这一位饱历人世风霜的老师傅，是因为我们这般远客，才离了他的法座亲自来指点我们，现在又这么虔诚地要我们来拜菩萨，很明显地完全站在我们的立场，为了要菩萨保佑我们才要我们礼拜的！他自己因为年龄大，又是和菩萨相处有几十年的历史，便自居于介绍人的地位。

在这种地方，经这么一位道貌长者这样善意地指示我们，而且假如听他的话，他老人家一定更高兴会给我们多讲些有趣的故事，大家互相看了看就微笑地挨次向飘海观音磕下头去。

这果然使老师傅高兴，当我们跪下去礼拜的时候，他也挨次地祝福我们。“好啊，佛爷保佑你……路福星……”小官跪下去磕了头，他又很巧地加上一句“升官发财”！这下，大概小官要升大官了。

老象最不甘心磕头，然而他终于是最后一个磕了下去，老师傅又加上一句：“好啊，多子多孙……”我们在一旁忍不住笑了出来，心想，老师傅我们只要你祝福我们一句“一路福星”就够了。

“老师傅，你拿这长竹竿是干什么的？”老象站了起来，大家开始等老师傅领我们看洞了。

“你们看嘛，这是龙头……这是象鼻……”

竹竿在老师傅手里这时候变为魔杖了。那么浓厚的魔术气味，随着这魔杖的指点，什么童子拜观音、一团和气、四盏明灯、七级浮屠、龙头、象鼻、观音的净水瓶、竹节佛，都从岩壁上跑出来看我们。怎么都这么像？这洞恐怕有点仙气在笼罩着呢。老师傅长袖翩翩披着大红风帽，便是一个神仙。从雪白的长须中慢慢地吐出滚圆的声音，一个个都很舒服地在空气中动荡，似乎空气一般馨香的酒味在挥发着。

随着这位老仙和魔杖的指引，一路东看西看地忙个不停，竹竿在老师傅的手中漫舞着，很显然地是差不多连洞中的一草一木都背下来了。好悠然地慢慢随处指去，便又是一个灵迹。

“这是和合二仙，……”往上爬，在一边墙上真的是和合二仙。但是老师傅又说了：“上坡我不能奉陪，你们自己上去吧。记着，一听见阴河水响，就要回转啊……我的话你们听得懂吗？……好，一听到阴河水响就要回转啊……我在这坡下等你们……”他大概有点看出我们这群小伙子淘气，所以一再嘱咐我们听见阴河水响就要回来。这时候我们所想到的是老师傅不随我们上坡，这不知道使我们失去多少有诗意的好名字。

我们只好自己爬上去。老师傅还在后面再三地嘱咐，完全是老人家指示少年人，半教训半亲切的口吻。我们猴子般地上坡转弯，还听见老师傅在说：“你火把不要这样拿法，要照前照后！……”

爬上去一段路，都先是在钟乳下面低着头钻来钻去。空气热得很。地下都满是煤的颜色，后来才知道是进洞火把的灰烬积堆而成的。这洞在到

溶洞内部速写（李霖灿手绘）

贵阳的大路边，上面又是写着“贵州第一洞天”，来看洞的人很多，所以石钟乳也没有水洞的那么莹洁。不过这洞全是钟乳结成，所以虽然狭小，然而景色变幻得使人没法猜想。许多处所看着很像一个什么东西，然而又叫不出名字，假如老师傅来就好多了。

隐隐地有了水声，是水在地下呜呜咽咽地流，转过一个弯可以分明听出是水在响了。大家都不响，听水声似乎还夹风声。前面有河了吧，那应该更好玩了。

路在一个突然下转的岩石边，笔直地下去不见了。迎面一条自上垂下的钟乳柱子，立在路中间，似乎是告诉我们这里已经不好走了。

一只手拉住这条柱子探身往下看，水声如雷吼般地在洞中呼号，把火把也伸下去看看，下面看着一条很急的水在闪光，也看不清有多少阔、多少深，不过好像还可以看到旁边有点绿草似的东西，那大概是岸了。由上往下看，这河至少有十多丈深，看着有点头晕。假如手拉的栏杆断了呢？这当然是不会有的事，然而当时心中真的这么害怕呢！

这当然是老师傅所说的阴河了，我们挨次拉着栏杆看了一会儿，似乎也可以下去的样子。然而太危险，想想老师傅再三嘱咐，看看又有点舍不得，可是终于颇不尽意地回来了。

老师傅并没有在和合二仙那里等我们，却在客厅中闭目静坐。

“老师傅，阴河下面可以下去吧？有没有人下去过？”我们有点不甘心，便先向老师傅发问。

“有人下去过，暑天好一点，现在阴风太重！”老师傅睁开眼慢慢回答我们。阴河已经阴森森的了，现在又是一个阴风，大家不禁有点毛骨悚然，想到阴曹地府那里去了。

“阴河下去什么样子，有多远？”

“暑天有人下去，冷得很，大约来回有十五里啊！得带五支火把，最后走到龙抬头，水流到龙口内，就不见了……”

“老师傅，人怎么好下去，阴风要害人的啊！”小官抢上一句说。老师傅转过头来，看了小官一眼，有点笑意地说：“阴风不坏事的，坏事还了得它？有飘海观音管着它的，我在这里五十多年了，很知道，……坏事还要得？”

老师傅的话，我们绝对相信，由他老人家的口气中把阴风比作一个顽皮的小东西看待，不过多少有点好恶作剧开开游客的玩笑，现在既然有飘海观音管着它，那当然就不会坏事了。

那我们又何妨下去阴河里看一看？看一看龙抬头到底是个什么样子，听说里面还有千顷田等名胜，水也很深，有时十多丈，夏天下去游泳一定不错。

但是大家商议的结果，今天我们已经很满意，还是决定赶到狗场去休息。

那里军委会后勤部的人，虽然愿意替我们解决食宿问题，然而留下这么一个缺陷，当作回忆也很好，而且正如老师傅所说的，后会有期。

背上行装走了，军委会的人送我们到门口，老师傅站在台阶上拉着大风帽，亦弓着腰，慢慢地向我们告别：“好啦，你们去啦，一路福星，一路福星……”

莲花洞——龙里

夜宿狗场时，已经听到他们乡下人告诉给我们这个洞名。然而那时大家的意思，这沿路上看的洞太多了，又何必一定要去看莲花洞？洞也许都是大同小异的！

到龙里的时候，天色还很早，离贵阳只有三十七公里，随便哪一天都可以“朝发夕至”。贵阳已经在我们的掌握中了，那又何妨跑两三公里去看一看莲花洞？

结果，由莲花山下来的时候，大家都自动地矫正了从前的观点，洞不但不是大同小异，而且应该是这么说，每一个洞有每一个洞的趣味，各不相同。

莲花洞确是不错，高晓宏大，那无疑是辰溪“水洞”，玲珑变化那要数牟珠；伟大不及水洞，细腻不及牟珠，然而兼有两者之长的，那当然是莲花。

钟乳柱林是莲花洞的特色，几乎大得使人不相信。若拿牟珠洞的来一比，那算是小巫见大巫，不过彼此趣味也不同，牟珠很像是一再雕饰，把那么细腻的流苏，垒满了每一个石柱，莲花则以雄伟见长，是一个大刀阔斧艺人的手艺。

时常是一片极平的天花板，当然这也是像钟乳凝成的，延伸到几十丈见方，有许多石柱从上面一直流到地下来，这样柱子都较细，不过多极了，我们就一直在这种柱林中低着头走。有的柱子，老道士告诉我们中间是空的，用石头敲敲发出响亮的警音，有一排七个每一个声音的清浊不同。我们敲着笑着，这可以奏乐了，然而时常把小的柱子敲断，我们在地上看到不少的破片，外面还写着“禁止敲石柱”的牌示。

洞中石柱成七级浮屠、九重宝幢的不知道有多少，尤其是中间那一带，有六七丈高几乎和上面崖顶接住，也有点像是观音大士，若和牟珠洞一比，牟珠洞恐怕要脸红了。不过大概牟珠洞的年代老些，所以全体发一种半透亮的绛红色，也坚质得多，莲花洞的石柱还是乳白色，而且因为开辟不久，许多看上去极妙的地方，却还没有命名。老道士告诉我们，由一边崖侧下去，有一道阴河，但是路太难走，到现在还没有下去过。莲花洞正有许多奇奇怪怪的地方，等着游人去发现呢！

再讲下去，恐怕要更奇怪了。要知道这个洞在一个至少有二里高的山顶上，荒竹蔓藤中伸出一个蛤蟆似的大扁嘴，老道士在前面修了一道围栏，简直有点像人家的墓道，由洞中爬进去便一直往上走去了，所以那天我们都说这一次入地狱了，一个在山顶的洞还会有阴河，那真可以吃一惊！

诚然没有水洞宽敞，然而水洞又哪里有莲花洞的层次曲折。洞是四面八方地延扩过去，不是深长，而是广大，钟乳如云形的一层又一层，而且有道路可以爬到第二层的钟乳上去玩。

老道士叫我们把手杖放在洞口，因为进洞手杖就不大有用处，等我们决定上云形的钟乳上层去时，便完全恢复爬虫时期的本能了。

爬上第二层，看看四周光怪陆离的钟乳，都像是云头。好，我们已经身入石云中了，往下看一看，老道士在一个狭长的石峡中，拿着火把仰着头看我们，我们可以看到他那一点点铁赤色的面孔，配着他那乱蓬蓬的头发、胡须，眼睛那么一转，真是拍恐怖的电影的最好地方。

大家都说莲花洞很有资格来改为一个最大的天然跳舞厅，而且建议设计跳舞厅的人，请拿这洞的神奇感觉来做参考，跳舞原也带一点原始的情趣，那无疑地这两者一定是非常和谐的。

就是没有莲花洞，我也劝人去登一登莲花山，可以担保不会令你失望。那天傍晚站在山顶的悬崖上不知道呆呆地看了多少时光。

这是高山上才会有的情趣，空气有冷冽的气味，清洁而新鲜，在这种冰洁的空气中，身体也似乎轻健起来。完全往下看，偶然平观过去便只能看一片片的暮云，一个个小山像地质模型似的平列着，真的是像，站在这里，一声长啸时，四面八方的山都会站起来响应我们。一块一块的稻田，像棋子似的搬在我们脚下，那颜色有点像铁甲车上的彩色伪装，那么有变化，又那么和谐。一个小山坡之间，看到一条弯弯曲曲的公路跑过去，这就是到贵阳的公路。

但是最令人喜欢的是老道士的那间傍崖厢房，下面是笔直的深谷，被蔓草丛竹遮掩得变成黑颜色，往下看有点头晕。但是坐在窗口平望过去，就又换了一种格外清远的情趣。窗下丛生的野梅正在满树开着花，交错横斜，塞满了窗口。有时吹来一点似乎是清香的味道。由花枝的疏淡处看过去，“一览众山小”。诗人在泰山顶上的感觉，我安安地坐在房子里也可以尝到。

哪一个人想回去呢？然而远远的山头与野火越烧越亮了，只得健步如飞，但是还没下了二里盘旋的石级，月光就赶上了我们，它恐怕我们在旷野里寂寞，送我们每人一个影子，伴我们到龙里。

1939年6月

洗马塘

苍山的玉带云

来到大理后，就听到说苍山绝顶的洗马塘是怎样一个了不得的名胜，大理人人知道，却差不多人人没有看到。他们对我说那里景色如何奇绝，我并不敢相信，因为他们根本没有去过，会由于幻想更增加了它的奇绝，但他们说这山路过于难走，却引起我尝试的兴致。

我把这个大理人人以为的困难很容易地克服了，真实的洗马塘比他们幻想中的洗马塘还要奇绝。风景也可以分作两类，通常的风景都是没有“幻想”的美丽，这就是所谓的“看景不如听景”，因为你会“幻想”给“实物”赋予更富丽的色彩；另外一种则你非看到“实物”不能激发你的幻想，这是由于风景本身就比幻想的还要奇绝。大理不乏这种例证，“清碧潭”曾使我产生了这个思想，在看过洗马塘后我就更深一步知道为什么艺术工作者要走万里路：一来我们的幻想就原是以“实物”做基础的，幻想是在我们看到的“奇绝”上一阶一阶地爬高起来；二则我们的幻想世界实在永远没有现实里这么丰富。不必远举，洗马塘就是一个我们凭空幻想不出的奇景。

我理想中的苍山景色就是一幅幻景。我把这幻想告诉朋友们，他们都笑不可抑，因为我把它幻想作人间似乎不可能有的神仙世界。一个全是以黑白条纹的大理石堆砌成的山，在大理石上长满了青葱的松树。这不但朋友笑我没有道理，后来自己也觉得对苍山的要求是太苛刻了一点。来到大理后，看到苍山的外表对于我的幻想当初是失望了，清碧潭之游才使我知道，苍山的景色都在山水的深处，在往洗马塘途中，我竟然真实地走入了我从前幻想出来的世界。

大理有两个有名的龙潭，一个是清碧溪的清碧潭，再一个就是这个传说——尉迟敬德曾在这里洗马的洗马塘，我们要说的这个龙潭高高地矗立在玉局峰的绝顶，通常合适的走法都是先一日爬到半山的中和寺宿一晚，次日和太阳一齐起身爬到中和峰的绝顶，过和龙泉峰公用的两山合一顶，过石观音，才能望到玉局峰上的白雪，洗马塘就在白雪的下边正对着玉局峰的绝顶。

向导是必需的，而且并不容易找，樵夫都不曾上到那样的高处，大理去过的人可以数得清。听说有一队倔强的外国人为探洗马塘在中和寺整整住了三天，前后出发三次，只因为倔强地不用向导，便倔强地失败而归。

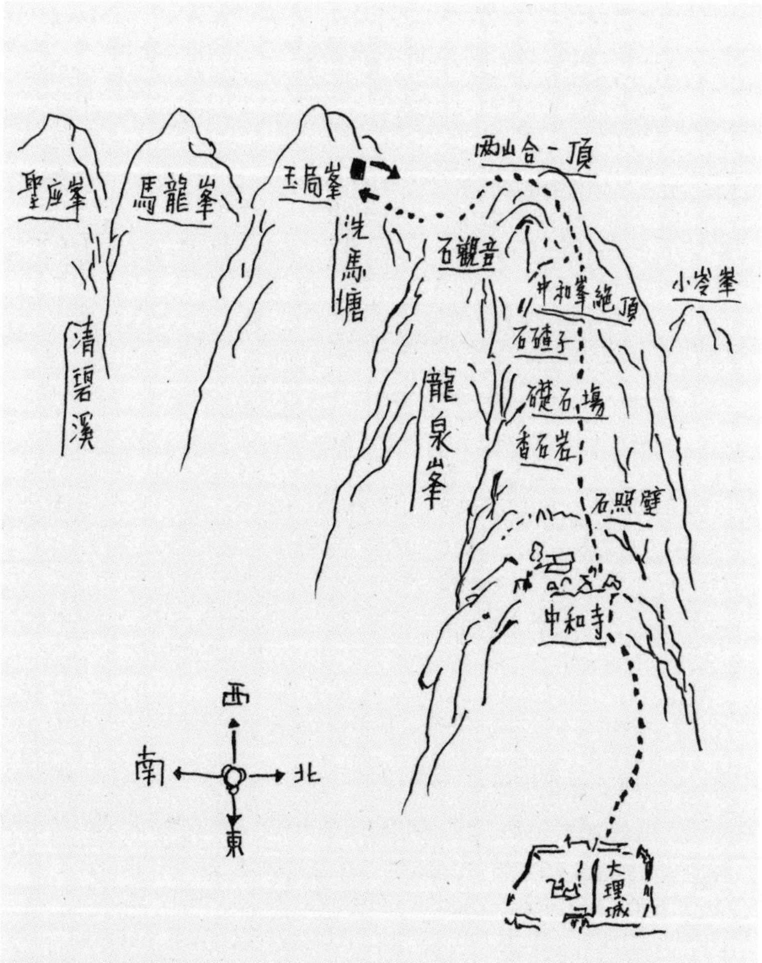

洗马塘位于苍山绝顶处（李霖灿手绘）

苍山深处尤其是洗马塘一带有许多人间未曾见过的奇花异草，每年二月和八月（农历）有许多研究植物的学者来这里采集标本。我以一块五毫钱的代价找到一个山脚下中和村的樵夫，他曾多次带领研究植物的学者进洗马塘去采花，这是一个比较靠得住的向导。另外两个本地的朋友，他们自己以大理找不出几个到过洗马塘的人为羞，便也愿意随我去，我们四个人就组织成一个小小的爬山团，决定在28日一探洗马塘。

先一天晚上宿在中和寺的聚仙楼上，这已经比大理高出五百公尺的样子，我们已经到达同中和峰差不多一半的地方，明天好由一个已经有五百公尺的基础上起步。住持来烧夜香，我们的楼上便弥漫着香味，在这种诗意哲意都有的空气中，我们有一个很好的睡眠。

大家都很关心天气，那一位天还没亮便起来的朋友，他推开窗子报告外面在落雨，使我吓了一跳，洗马塘在晴天还有迷路的危险，若一有雨，山上就什么都看不见了，这岂不太扫兴？幸亏后来东边天上放出了红光，我们那位朋友因瓦上有水，便说下雨的判断并不正确，山中露水很重，使他发生了这个错误。于是我们立刻起身，开开中和寺的山门先看洱海日出的晨景。

天东边有点红，大理还埋在灰蓝的晨雾中，由雾中传来的军号声音，接着炮声震破清静的空气，这是“醒炮”，告诉大理的人可以起来了。于是起床的号声便连续吹起，吹开晨雾，揭出大理的真面目，夜航洱海的船也拢岸了，中和村有了炊烟，在翠绿如洗的松林中飞出民家人的歌声，太阳冒出东山，我们便同向导开动。

入山伐木的民家人中有不少是妇女，民家人的妇女要比男人有本领得多、可敬得多。我们和他们一道出发，他们听说我们是去探洗马塘的，也表示出相当的敬意，他们整年入山还没有到过洗马塘呢！便很亲热地和我们约好，下午我们回来时要招呼他们大家一道回来，并告诉我们，他们伐木的地点在中和峰的绝顶，离洗马塘有六七里路的样子。

在民家人的歌声中我们经过石照壁大石洞等，山路在大石洞的附近，他们都大呼：“黄金！黄金！”一面便散开四面，用铲刀挖地，挖的是一种小草，很好吃，这是“黄精”。杜甫诗中的“黄独无苗山雪盛”，所谓黄独有人解作黄精，也许就是这种可爱的植物。

苍山真正的风景是应该以大石洞

香石岩附近的础石（李霖灿手绘）

过去才到的“香石岩”开始。香石岩的得名是由于这一带草都很奇特，人走过时总是觉到一种清香，似乎这全山都是香的，各种草木都香。那并不是事实，香味倒很清楚地可以嗅到，寻找的结果是由某一种草叶放散出来的。我们找到了它，每人采了一大捧拿在手中，于是一种像薄荷的清香，便时时围绕着我们前进。

苍山从外面看起来肉浮于骨，因此便不能动人，但是渐入苍山的深处，渐渐揭开土而露出石的面目来，从香石岩起不但有了香，而且从此有了石岩等。苍山不辜负你前一段跋涉的辛苦，开始以挺拔的真面目迎接游客了。

本地人把大理石叫“础石”，他们告诉我苍山十九峰都有础石，但以中和峰这里的纹理质地为最好。路旁很多长满了苔草，几乎变黑的石头，他们敲开来给我看，这么脏的外表里面却雪色似的白，这正是上好的大理石，想不到我们现在脚下所践踏的，正是从前很不容易找到的大理石桌面。

过香石岩后便完全在大理石桌面上走路，这些很好的础石为官家所禁止开采，也许是因为恐怕损害了风景的原因吧。我们爬上一个大理石的峰头，坐在那里可以看到前面的石崖上长了一长列青翠杉松，一层层的叶子像新理过发的平头一样的整齐，石崖上面都有平行的裂纹，垂直地一直伸到山底，像这样一排一排的础石行列，远远近近有很多排，都像是用大斧削成一条条立在那里，在墨绿的杉松下配着一条条天然的大理石，石上又都满装了青苔做点缀。白云还恐怕大理石不够白，从山谷中飞起，把一条玉带横在础石行列的脚下，这有点接近我从前所幻想的苍山的风景了。我们已经走过香石岩来到础石场了。

础石场过去后有一段很难爬的山路，在一个大理石上凿有很浅的脚洞，要直爬而上，我们年纪较大一点的那位朋友已经胆战心惊地手足并用了。山路既险景色也跟着奇丽起来，完全是纯石的山，除了青松之外还有许多平地所没有的山花都可以看到。在一个石岩的下面，一大树白花和一大树红花并排在一块，乡人告诉我说这叫什么“白豆花”，像这样的花树在花园中尚不多见，放在山谷中更觉得动人。然而，在他们看来，这还不是最美的时候，植物学者来的时候就漫山遍野都是花。乡人告诉我许许多多的花名，我自己对于植物一点都不知道，也不知道俗名和学名到底合不合，不过也许有一些外边还没有发现过的吧，我没有心思去记这些，因为自己知道学识不够，只以全副的心放在欣赏上。所谓“二月采花，八月采子”，向导说像这种血红的碧因花，在盛开的时候实在比牡丹好看，又红又大，又经久，又满山都是，那我想会变成一片血红的山场，春天西湖南高峰后的满山杜鹃花那又要甘拜下风了，假如在2月间来大理的朋友，我希望他千万不要放过这个难得的看花机会。在苍山走一趟回来我知道就只为旅行，那关于植物学的普通常识也是必须要的，在去洗马塘的途中引起我对辨别认识花草的极大兴趣，谁能不对这漫山遍野的奇花异草悠然心喜？

再向山上爬，我们又到了一个新的境界中，也许有朋友要说这是像黄山风景吧，且请稍缓一下，这是“石障子”，我初到“石障子”看第一眼时，也觉得是有点像黄山，只是我自己没有到过黄山不敢就这么说，而且随后而来的景色也绝不容我这初次判断成立，我对于这心神渴慕的黄山给了它一个极高的假定，对于苍山和它接近的推论一再保留，在这里只能说是初步有点与黄山相似。地名叫“石障子”，也许是由于石头有一条阶级的石路而得名，若说是“石獐子”倒并不像，苍山上野兽很少，关于动物的地名并不多。

和伐木的人一道爬到中和峰绝顶，在这里和他们分手，大家很亲热地告别，约定在这个地方招呼他们一道回去。他们去伐木了，我们休息一会儿，开始改变方向，由中和峰改向南走。山顶上时常有云，我们在云中前进，指南针在这里大得其用了。

在苍山上，至少是这一条路上，有亲切的朋友，这或许是因为从前上洗马塘的人给他们的印象好，而且同时上洗马塘在爬山辛苦上和他们也是很亲近的，所以你一路可以遇到亲切的招呼，不会有恶意的土匪，因为现在世界上还不会有这样风雅的强盗。没有野兽这是一个了不得的方便，最重要这里没有那一些半通不通的人来“煞风景”。

既然在云中走，又偏偏两边都是细节小叶的石竹林，外面的东西一点都看不到，这一直要到石观音，是全程中顶气闷的一段。

中和峰和龙泉峰共同拥戴一个山顶，这叫“两山合一顶”，站在山脚下可以看得很清，但我们只是在矮松的虬枝中攀折前进，地下满是落叶，因山顶常为云封，我们这天也是在雾中行走。但向导告诉我这是白雾，若是黑雾就要不得了，地下当然很潮湿，因风大的关系，杉松都长得又低又弯曲，枝干上长满了像胡须的苔草。

沿着一条流水的沟道前进，到山顶又沿崖坡一边走，路上堆得一层很厚的树叶，若下雨便滑得可怕，近几天太阳好，我走起来很舒服，但那一位朋友已经战战兢兢地在爬，脸上都变了颜色，我们说站起来大胆地走，他口中只说“是”，却不敢站起来，向导和我说这一位老先生走不到洗马塘。果然，再鼓励他勉强地走到了石观音，他看看下面的路更险，扶着石头摆了摆手，喘着气告诉我们，他就此打住。我劝他，向导指着西南风头白雪的下面就是我们的目的地，到这里很不容易，还是勉强了了这一个心愿吧。但这位老先生害怕得很坚决，说无论如何是不去了，约定在这里坐着等我们回来，这里到洗马塘不过八里路，正如向导所指的，有白雪的是玉局峰绝顶，雪下面就是洗马塘，我们这位朋友只缺少一点勇气。

到石观音我们眼睛脱离了石竹林及矮杉松的遮掩，白绿交映的十几丈高的石壁，虽说不像石的观音，但景色是好极了，我们站在峭壁上看到玉局峰上白云格外的白，绿树格外的绿，绿树中夹着一团团白色黄色的花，那是山枇杷花，山高这些果树都不结果，所以有这么丰艳的花。看着像一大片白石的地方那是玉局峰的雪，我们可以看到此行的目的地了，成功已经有一大半把握，那种兴奋是可以想见的。

指南针也可以做钟表用，和我们那位朋友告别的时候正是11点钟的光景，翻下石观音峭壁，树叶落得更厚，路也不成其为路，我们在一个像从未有人进过的原始松林摸索前进，就是这位老向导也曾一再犹豫考虑，由指南针上知道我们向西南方向并没有错，路边的矮松更出奇了，以人间所没有见过的姿势在生长，每一株都有一种道貌岸然的表情，使我不知道要绘哪一株才好。

也许又有朋友说这是像黄山了，但我仍愿再保留一下。这样的杉松值得一再介绍，我们像是走入一个神仙的世界，或者说是一个梦中的世界。这些杉松从未沾染着一点人间的烟火气味，未曾受过人间任何拘束，便自由着自己的意思生长，人间岂能有这种景色，似乎我们也脱去尘世一切纠缠，变成这原始森林中的一株杉松，所有我们的同伴都在瞪着精灵般的眼睛欢迎我们，每一棵松树都会对我们讲上一套神仙的故事。

探洗马塘的规矩是带着麦糠边走边撒，因为这样才不会迷路，我们这位顶熟悉老练的向导在松林中也曾走错了几次路，但总算亏他，他终于领我们走出了这原始的杉松国土。

在几经探视之后，我们在一段树木渐少的地方又遥遥地听见水声，由北面山峰上滚下来的一条白石巨流，横在我们的面前，在横跨过这些白石的时候，我看到两个人工就势造成的石室，向导告诉我这是6月间来苍山顶上采“花干菜”的人的住处，原来还有人会住在这样的高处，这些人为生活所逼，竟使他们找到这么一个奇绝的地方来，面对着白雪以消这6

洗马塘的础石老松（李霖灿手绘）

月长夏，他们自己可也知道这是人间少有的幸福？桃源、盘谷，又何必远寻，苍山顶上有多少理想的人间乐园？

站在石室的边上看，松杉一群一群都爬上北面的峻岩绝顶，松色既格外青翠，石壁亦格外青翠、格外苍润，似乎在外面都可以看出一条条像山水墨痕的黑白纹理，白云在绿树苍石间疾飞而过，西南边的山峰上还是白雪的世界，四周的峭壁一直伸到我们的面前，被一丛丛黄的枇杷花和白的“白豆花”挡住，索性坐下来看，向导催我说再一里路就到洗马塘了，但这里的景色实在使我不能离去，洗马塘又算得什么，我很清楚，真正的“名胜”，未见得既名且胜，绝不会如这里“胜而不名”更觉得可亲！

我屏气静心地在欣赏、观察，最后对自己说：苍山能比上黄山。我曾一再保留，因为黄山是全中国最有名的山，假如冒昧和它并列比较，恐怕要为大方之家所笑，然而在这里我却不能不说苍山是可以和黄山抗衡一下了。

黄山以石、松见长，松树也许有这里的杉松姿势奇绝，但未见能有这样的原始、自然，若纯以石比，那又是苍山占了优势，因为这里正是有名的大理石啊！而且黄山未见得有6月白雪，就说黄山也有雪，像这些植物学家都认为不会有的奇花异草，那黄山是不能有的吧！洱海是黄山所没有的，哪一个有名之胜不为一般无聊的人所涂抹、修改、玷污，黄山在这一点上又岂能甘拜下风？

黄山一定有许多奇绝之处我不知道，然而我想苍山亦必定有许多异境为黄山所不及，“染于苍则苍，染于黄则黄”，将来自然有好事朋友来做公平正确的评论，我自己在苍山上是已和黄山默默地定了后会之期了。

我发现原理并不错，苍山的奇绝和入山的深度成正比，对着这些奇岩怪松，我猛然想到：啊！这正是我从前理想中的梦里景色！大理石上长青松，又加上白雪，我还没有想到这些一丛一团的奇花异草呢！

走出树林，找到一条小溪，水声就是由这里发出来的，溯溪而上，一路上我在仔细看河边上一种粉紫色的小花，我们已经走到洗马塘的边缘上了。

潭是一个正圆形，似乎有人工的痕迹，一潭清水像一面明镜，水的清丽是不如清碧潭，四周的景色也平常，只有迎面玉局峰上堆满了白雪，白雪映在绿潭中是此地特有的景色，山峰绝顶有这么一个大潭是一件奇怪的事，北边一带的短堤围起来使这潭变成个蓄水池的样子，外面是一个相当大的平原，莫非这样高的地方从前却常有人住？

玉局峰上的雪水溶溶流入潭内，我们先捧着雪水喝了两口，向导便去折树枝生火做午饭，短堤上有黄色的细草，躺着休息了一会儿，身上忽然觉得冷不可挡，我们今日是一个登山的标准天气，太阳在照着，我还会这样冷，若在平时恐怕在这里得穿皮衣，恰好这时他们火烧得很旺，大家便都拢向火去，夏天还要烤火，自己也觉得是一奇观，然而在面前，那一片白雪的银光却告诉我们现在苍山顶上还正是冬天。

胡乱吃了一点东西，我要到雪的世界中旅行一次，目的是攀登玉局峰的绝顶，看一看苍山背后的漾濞县，向导和那位朋友没有这个兴致，我一个人向雪峰前进，逐渐上升，雪也渐多，我拿了一大捧边走边吃，在夏天还有吃雪的机会，我岂肯放过？在雪消失了的地方，我看到地下生着许多如银丝一般的“雪茶”，这是一种高山雪中植物，味道有点苦，但有祛热的功用，到大理后我才知道它，说是丽江大雪山那一带才会有的茶叶。我随手捡了一点预备回去送朋友，虽没有到苍山也请他们吃一吃玉局峰“雪茶”。

终于爬到玉局峰的绝顶，开始时我觉得头痛，这可糟，莫非从此我不再有攀登更高山峰的幸福了？幸亏不久就好，我很安慰，舒服地畅吸这高山上的空气，看着脚下的洗马塘变成绿树白雪的一面镜子，我在山顶用口哨和潭边的朋友打招呼，进得山来，我也学会他们樵夫打招呼的方式。

在苍山的背后，我没有找到漾濞县和漾濞江，因为白雪太多，看到一段段的公路在红土的山上盘旋。雪中看去往西尽是重重叠叠的山，一直远接到天的尽头，这是山脉中奇观的横断山脉。在我南边是马龙峰，也是在云中出没。马龙峰下中央研究院在发掘的诸葛营遗址，可以看到一堆堆的红土。洱海上都铺满了像棉絮的白云，大理城市那么的小，上关下关的公路变成一条细线，两旁的麦田一片金黄，像棋盘似的分作一格一格，使我想起北方5月收麦的平原景色，在中和寺看到还可以和苍山比一比的鸡足山，现在低得不成样子，我只后悔为什么不带望远镜来，不然，一定可以在北边看到玉龙山更多的白雪。

沿着玉局峰，看饱了高山的峰峦起伏，便在洗马塘的上顶攀缘而下，向导他们在催我回去，因为那位停在石观音的朋友一定是饿坏了，我们不能不赶快回去给他送粮食，我给他灌了一壶洗马塘的雪，这样他虽没到洗马塘，但也可以喝过洗马塘的水以自慰。我在爬山的时候，那一位大理朋友也在洗马塘周围做研究的工作，向我报告，据他亲自研究的结果，这洗马塘不多不少，走一圈要二百五十三复步。

在我理想的大理石上长青松的景色前又停了十分钟，大家便以最快的速度向石观音走，但在那里却没有看到那位朋友，想必是他饿得难过，便一个人摸索着回中和寺去了。

大概是下午2点半钟的样子，在中和寺的绝顶，我们又遇见那一些砍柴伐竹的民家人朋友，大家呼哨相应，笑着互相慰问对方辛苦了，他们有一些便和我们一道下山，把砍来的柴和竹用绳子捆起，再把绳子拖在头上，就这样拖着前进，我才明白为什么山路都这样的原因，这是高山修槽溜木之外，又一种省力的方法。

我在归途一面收集未曾见到的花，当我到中和寺的时候，向导跑出来先告诉我说，停在石观音的那位朋友还没有回来，这就是说他还迷失在苍山中，这一下问题可大了，谁能去找他？又去哪里找他呢？大家议论纷纭。

半点钟后，意外地这位迷路的朋友出现在中和寺的边门口。这一喜非同小可，大家都说能到石观音也算是一位勇士了。

这位勇士告诉我们，他本是在石观音等我们回来，但不是饿，反而是冷把他赶了回来，到中和峰下才迷了路，所以到我们后面了。我们安慰他说虽没走到洗马塘，但到石观音已经看到洗马塘上面的雪了，而且我还给他特意带来了洗马塘的一壶雪水呢，他笑开了拎过来一饮而尽。

当天他们下中和寺回到大理去，我一个人留在聚仙楼上两天，把这一次探苍山的画稿和文字都写出来才下山，因为我得用最快的方法把可以和黄山抗衡的苍山介绍给我的一切朋友。

1939年5月30日，聚仙楼上

（李霖灿手绘）

大理清碧溪

清碧溪像一个梦，一个寒中带清凉的梦。

清碧溪以这里的“武器岩”作第一道山门，在岩的下方虽也有清流白石之胜，但自从来到苍山之后，通常的景色都不再有颜色了，苍山十八溪哪一个不是清白得可爱？

左边是峦崖壁立，往下看到几十丈的崖脚一直插入清澈碧绿的流水中，我们傍着左边的曲折小径进山，转过这个山脚，就可以看到中间一块奇石，像十八般武器负土而出，刀枪剑戟，都刃锋毕露，证实这一个武器岩的名字。

路随苍山山势向高处走，峦崖越来越奇峭，崖上的老松也更密茂了，这已是深山的情趣。从前在西湖广化寺曾听过慧空和尚的《空山遇故人》琴曲，在七弦琴的声响中我曾感觉到一幅深山寂寂、幽岩水响的图画展在我的面前，怪不得清碧溪这么面熟，它正是在古琴中我看到的那幅图画。

只有一些牧童樵夫才会到这么深的深山中来，外边的树林砍伐得差不多了，只有苍山的深处尚有很密的森林和丰美的草原，马匹也许是来驮木材的，在绿的世界中可以看到这里一匹，那里一匹。

山越来越深越来越高，水流的斜度也跟着增加，在空山中有了水的响

大理清碧溪入山垭口（李霖灿手绘）

声，我们溯水而上，在绿白蓝三颜色砌成的山谷中，你可以一路地听取这流水鸣琴的演奏。

西湖的九溪十八涧，有点像，把它放大一点，更多赋上些清幽的情味，那就可以希望和清碧溪有点近似了。和九溪十八涧相同的地方是路在水中曲曲折折地走，但西湖的水哪里能有这么清？在苍山才会有的各种奇花异草中，我们溯溪而上，每走一段路便会使你吃惊，这里的水又比前一段清了，这是可能的吗？我们不是早就以为水只能清到这个样子？前面还有不尽的曲折，实在使我们想象不出来再前进一段又会有怎样的一个境界，清碧溪的水的清似乎是没有极限的。

樵夫牧童也不见了，还可以听到山顶上伐木叮叮的响声在回响，我们完全在山重水复中行走，左边是圣应峰，对面是马龙峰，站在洱海边上看到很显然只是一个峰头，但一旦身入山中，才知道重重叠叠分不胜分，在马龙、圣应两峰似乎是用大斧劈开的空断处，现在在那面又升出一个像笔架的山峰，这也许就是通漾濞的后山了，在两山豁断处，白云在晴空中疾驰而过。

路渐渐狭起来，全山中只听到流水在响，白石越来越大，溯溪而上因此变为不可能了，我们便横跨过流水，升在山腰里走，有一条小路引我们到一个石洞的门口。

石洞有烟熏的痕迹，想来樵夫曾在这里停宿炊饭，这一条小径到这石洞口再往前就没有了。迎面是那条清溪，到这里水声更大，水也越发清了，坐在这里休息一下，你可以看到自己完全在峰峦包围中，峰峦的尖顶松树更密，由那里可以听到那民家人唱歌，曼长的歌声像一缕青烟似的横划过顶上的空间，传到对面的山峰上，由那里又来了相和的歌声。民家人的歌变化并不多，但远近联唱起来也颇有一种异样的情趣，在一片碧绿中你可以听见歌声，却找不出人是藏在哪里。

断崖迎面而起，各种奇花异草沿着溪长得格外茂盛，那告诉我们，我们溯溪而上，在百步之内将要有一个结果，不是在太高的花草中藏有一条瀑布，便是水由一个奇异的转折处转弯了，我换上了草鞋，在水中逆流而上。

清碧溪景色，后山可通漾濞（李霖灿手绘）

由这里和水争道而上，不到百步，便有了“报酬”，这样的一个清潭被我发现了。

清碧溪中有三个水潭，大理人称之为“龙潭”，假如天久不雨，便来这里求雨。在我们爬过的两边崖石上，可以看到两篇大文章刻在石上，说些有求必应的事，据说大理有两个龙潭，清碧溪一个，另外一个在高高的中和峰顶的后面，叫洗马塘。大理人人知道这个名胜，却很少人到过，平常祷雨便是和我们取同一路线。

潭水发出一种淡淡的翠绿色，有一种宝石的光，也不知是出自潭底，还是浮自水面，像是整个一块大的绿色水晶；似乎是一尾红色的金鱼在水中游来游去，后来翻到崖边停住了才看出是一片红叶。本地人传说，龙潭里不会有叶子的，因为有一种山鸟在看守着，看见树叶落在潭里便衔着飞去。这原是一种传说，哪里会知道有时一片美丽的红叶会使这样碧绿的潭水格外有光彩呢！

一条小瀑布在石隙中喷沫扬鬃而下，其上面还要有个来源，便拿出猿猴的本领沿着斜坡攀藤附葛而上，啊，这里才是真的龙潭！

就在两个山峰的豁断处，一块几丈长的白石板嵌在中间，很显然那是个瀑布的痕迹，龙潭便以一满月的形状平铺在石壁下。不能说是清，因为一路走上来在下面那个潭中水已清到一个极限，在这里就必须在清之外又有一个新的名词才够用。初和这潭水见面的朋友，哪一个不为那闪烁的光来征服，哪里还是水，简直就是一片耀得人睁不开眼睛的五彩云霞。不过只有五六丈直径的一个圆池，浅浅的一层水，周围是嫩黄色的卵石，再往中间一点变成浅红色，随后又是纯白色。潭的中央是一种说不出的是蓝是绿的宝石光泽。对着这一面宝镜把自己都忘记了，像被放在琉璃玛瑙的世界中，四面八方都是目迷五色的感觉。世界上所有的一切到这里来便一点颜色都没有了，一切人事上的牵连到这里便都雪融冰消，对着这一潭水，可以照见你的灵魂，看过这一潭水，便等于使我们尘俗的心在一个冰清玉洁的梦境世界中旅行一次。人谁不偏袒自己的故乡，我的故乡，百泉的水算清到绝顶了，但和这清碧潭相比之下，然而也不能不承认，清碧潭确是较高一筹，百泉的水是清，但此地在清之外又加上光彩的闪烁的“丽”。

在物我两忘中和潭水对视了有一个钟头，水面上有无穷的光彩，一圈圈的漪纹。除此之外，在水面上你看不到一点点其他的东西，我以为不是叶子落在水面有山鸟衔去，实在是树叶也不愿意往这么一个潭里落。倒是有一只鸟从北边的悬崖下飞了出来，全身发着灰紫色的光，身子下面是蓝宝石色，也只有这种鸟才配住在碧玉之潭的旁边。下面潭边就时常有一种白头黑身红尾巴的山雀，飞降下来的时候总是把尾巴摆了又摆，摇了又摇，这是下潭的鸟，再往外面就只有那些叫得像刮铁般的野鸡，那就是普通山中的俗鸟了。

坐在潭边，连心都是冰凉的，唯一的朋友就是太阳，不时由云中来看看我。有太阳的时候不但身上有说不出的舒服，水底更有无穷的变

清碧溪景色清绝人间（李霖灿手绘）

化。我发现一个问题，这一潭水是这么清浅，那怎能供给下面那条瀑布不断地流，迎面石壁虽是大瀑布的痕迹，但现在却早已不再流水，这一潭水怎能流之不竭？

在北边悬崖的里边也可能有曲折的水道，也许水是从那里流出来的。在攀登北边石壁失败后，我想涉水到北崖下一探。第一次失败了，因为看着不过一尺深的水，竟然是要探到膝盖以上。我脱去长裤，拿手杖再去尝试，仍然是把水的深度估计得太低，在北崖边的水又深在腰部之上。唯一的方法是游泳过去，但无奈实在抵挡不了这潭水的冷，冷得两条腿像触到了冰，一分钟也不愿意在水中停留，只好走出来坐在石头上晒太阳。

意外的一片白色的杜鹃花，飘落在潭中。鸟倒没飞来衔去，但落的地方正好在北崖的这一边，很可以看一看水的流向，借此证明由北洞来水是否可能。果然，杜鹃花平平地移动，绕着西崖流过来了，是这么的慢，像是怕惊醒了碧潭的梦，在南崖也一转便随着小瀑布奔流而下，水面又恢复了清净。

一只大的蝴蝶经过潭面向北崖飞去，似乎是北崖下有气流阻止它，结果奋斗了几次，蝴蝶自认失败，飞过流水的石壁向深山中而去，这气流也许与水流有关系。我在想哪一天带上个大木盆划进去看一个究竟。

我不能不回去了，溪水把我送了出来。我一边想，世界上的事物可分两种，通常的都是理想或幻想比事实本身更美丽些，但也有一种是非看到实物不能激起你的幻想。风景也是这样，通常的一种是幻想比真实的风景美丽，另一种太过于神妙的风景则相反，风景比你幻想的还美丽，你必须看过实在的风景后才能激发你的幻想，无疑地清碧溪和清碧潭的景色是属于后面的一种。

已经在归去的半途中，我忍不住对清碧潭的眷恋，再转过身来坐在草地上看，那块刻着“禹穴”大字的石崖还可隐约看到，那座像笔架的山峰上在晚山峰碧中有几条白线。啊！那是雪，我明白了，只有雪的白，才会有这潭水的清。

1939年5月24日，大理上末村

丽江随笔

玉龙山

丽江没有城墙，在那样一个紧要的去处从古以来就没有城墙是很有趣味的一件事，原因很别致，丽江是那有名的“木天王”的大本营，这位大土司因为听到别的不相干的人说，“木”字上加一圈围墙就变成“困”字，他很怕自己“困”在丽江城中，为预防计，他永远不准丽江修城。

木天王虽没困死在丽江城中，却死在玉龙山上，又是一个有趣的故事。木天王生下来经看相的先生断定，因为他的嘴上两道纹生得不合相书，也犯了和邓通财阀一样的命运非饿死不可。木天王很担心自己不幸的命，便日日以修桥铺路，恤老济贫来竭力挽救，竟然有效。看相先生第二次看到时，便给他道贺，说嘴上饿死的纹路不见了，不会饿死，只不过死了没有棺材而已。后来这位木天王有一次去爬玉龙雪山，从此再不回来，死在雪里真没有棺材。

老实说，死在玉龙山亦是人生最后一个“不亦快哉”。不知道当日那位风雅的木家天王也有同感否？与其死了钉在木板中化脓化血，何如葬身四面白雪中？又何况是这样美丽的玉龙山上？杨升庵在《天下名山游记》

上说，他曾走过全天下的名山大川，但是自从看到大理的苍山后，他才算真的看到山。我很奇怪，这位风流的文人他在苍山上怎么会没有看出北边一条蜿蜒的玉龙？

我在大理雨中看清碧溪，晴空爬洗马塘（玉局峰绝顶）时，也曾产生

玉龙雪山最胜处——扇子陡（李霖灿手绘）

过杨升庵先生的同感。但是那天翻过鹤庆的关坡一看到山中出没的皑皑的白雪，我立刻承认这才是我第一次看到的好山，而且心中也愿意承认这也就是我最后一次看到的好山。我对于玉龙山立刻五体投地地“皈依”。

住在丽江的人对于这座海拔两万尺以上的雪山却有点漠不关心，这或该是熟视无睹的缘故。但一旦离开家乡，玉龙山又变成他们乡怀的寄托。向南走上十天八天，当你回顾的时候哪还会看到两个锥形的白雪山顶，一直到昆明附近的碧鸡关，丽江旅行的朋友告诉我，只要是丽江人都要在这里对他的家乡做最后的回顾。昆明离开丽江十八站路，在千里之外还能看到故乡的山，丽江人真可羡慕，在他们的故乡，有这样一个妙绝人寰的山！

玉龙山不但有海拔两万尺的高度，而且大得惊人，她和中甸[1]的哈巴雪山原是一个山，给金沙江从中间穿过形成虎跳涧[2]的壮观景象。在金沙江边，我骑着那位古宗朋友的快马，他却告诉我就是这样十天也不能把雪山走上一遭。横看成岭侧成峰，过金沙江后看玉龙山是一架“梁山”，但在丽江往北看去，正看着玉龙山侧面，所以峰峦峭拔，也以丽江看去最好。在丽江的时候我们住在教育局，早上总是我第一个开门跑出去。在狮子山上我曾享受了几个最好的雪山晨光，夏天只有早上雪山才有露面的可能，看看朝霞落在白雪上，白雪都透明得变成粉红色，云

① 中甸县，即现香格里拉县。

② 虎跳涧，即虎跳峡。

由雪中升起和白雪分不大开，有时候给云全遮住了，忽然在云中又矗出两个峰头，在山顶的白雪中可以很清楚地看云影的推移。山腰总是有一条玉带似的白云，太阳升上来就会遮盖于玉龙的全面，早晨看着这条白云之上有白云和白雪游戏，在这条白云之下绿和蓝烟在支配着大地，经过一大片平原，丽江城还在我的脚下没有醒来。

玉龙山离丽江三十里路，有一个“中海”，在这里可以看到玉龙山和玉龙山的倒影，真的到玉龙山的下面，反而不能看到玉龙山的全貌。慰苍兄曾把他们在玉龙山拍的十几张照片给我看，岸然的怪石上会忽然生出一棵苍苍的矮松，四面白雪照满了整个镜头内，他告诉我在雪中爬上半天，半个钟头可以坐在白雪上滑下来，虽然危险，想也愉快极了。他们滑雪的方法是最原始的，坐下去把脚跷起便斜着往下滑，要想停便只需把脚放下就得。

玉龙山由两种颜色堆成，雪的白和石的青。难得的这两万多尺的山全部是石。白雪一年四季堆在上边，因为已超过了雪线的关系，只是雪便有太古雪、中古雪和近古雪的分别。太古雪是黑色，中古雪是灰色，近古雪才是白色，有消失融化的只是白色的雪，其他两种终年在石上不化，由于雪水冲刷的结果，淡黄色的沙一条条一缕缕地在蓝色石块中流下来，山的下半层才渐渐有了绿色。夏天坝子里长满了棕榈树，在这些热带的植物上你可以看到珍贵的冬天的白雪，在春天玉龙山脚下便开满了粉红色的桃花。

庐山植物园在丽江设有办事处，秦主任和我说到秋天玉龙山上的山花是奇观之一，一丛丛，一团团，各种色彩的山花，织成了真的锦绣河山，这样很热闹地开上两个礼拜后便忽然一齐不见了。这使人想到或该在玉龙山下竖上一个牌楼，上面写着“国立玉龙公园”的大字，所需要的也不过只是牌楼而已，大自然在这里已把一切的美丽都集合来了。

玉龙山雄伟，因为她有两万尺的高度，玉龙山峭拔，因为她全以石头堆成，同时玉龙山也秀丽，因为她又具备了各种颜色。

在第一次我看到玉龙山时，我先立刻决定画她，但又看到这样一个仙景在未看够的时候，那绝对没有办法，便又手脚无措起来，到丽江住下来，我好几天都去看她仍不敢贸贸然着笔，但听说从前曾有一个军官每天派人在狮子山上替他守望，结果一个月住在丽江还没有与玉龙谋一面。“画人”与“山水”有缘，我在丽江时虽也是夏天，但几天早景都看到雪山，到底给我画了两张下来。立秋之后玉龙便每天出现，一直到春天，所以看雪山也以这几个月最好。

玉龙山于丽江人而言固然熟视无睹，就是全中国知道她的也很少，但在世界的名气却不小，谁不知道Lijiang Snow Mountain（玉龙山）？每年都有特意来的探险队来爬山，成绩顶好的曾到一万八千尺，至今玉龙山还没被爬雪山家征服。不过在这里很惭愧，因为我们除了那位葬身雪中的木天王外，还没有人正式地来尝试，为什么我们不来组织一个爬雪山团体试一下看?!

么些象形文字

丽江是么些族的大本营，国语在丽江街上虽可以通用，但他们讲得顶多的还是他们自己的语言，在离开街上稍远的地方，国语是一点用处都没有了。

丽江位在横断山脉的入口处，所以它是好几种民族货物集散的地方，在丽江可以看到各种各样的人，也可以听到各式各样的语言，在丽江要找一个会讲三四种语言的人很容易。在丽江主要的商业是对西藏的交易，所有的各种民族，也都是藏缅系统，么些族也是其中的一支，他们大多是沿横断山脉南下，么些族就沿着金沙江来到了丽江。

么些族现在还保藏着一个极可珍贵的宝贝，就是他们的象形文字。这应该是世界上最完备的象形文字的一种，因为单单用这种文字写成的经典就有千本以上。最有趣的是这些经典不是说些玄之又玄的哲理，而多是讲些清晰可解娓娓动听的故事。

像白居易诗作的那种老妪都能解的难得境界，在么些象形文字的经典中并不算怎么一回事。经典本身是有诗的节奏，因为这是歌颂的，在把这些经典来歌颂的时候，虽然是在一种隆重的祭神典礼中，但因为故事十分动听，往往有极多的听众。他们的经典中有一本在说一个极哀怨的故事，每当夜间歌颂这个有名的经典时，所有的青年，尤其是女孩子都远远近近地跑来静静地听，这篇哀怨故事的女主角是以自杀结束的，听的人没有一个不默默地为她流泪。别的不算，只从文字的价值上来看，这种象形文字亦是个无价之宝。

在说到这种象形文字，我们不能不知道以这些文学为专业的“东巴”。所谓东巴就是一种巫师，专以跳神驱鬼为事，在么些话中“东巴”有先生一类尊称的意思。么些人和西藏人一样怕鬼，有病不大喜欢吃药而多半去请东巴来驱鬼。用象形文字写成的这经典，现在是只有东巴才能认识。在这些东巴来驱鬼或者祭神的时候，我们便有机会听到他们的歌颂。

因为不懂丽江话的关系，我们还没有直接用耳朵听的幸福，但只用眼睛来看已是一种难得的珍贵享受。沿着金沙江和丽江各处，我曾专意来看这些珍贵的经典，在一堆堆这样的贝叶形式的书本中，我似乎又回到文字的原始世界中。除了一些太过抽象的字不能不用谐音或会意外，所有的字都是一幅简单的图画，谁看到这些象形文字中的动物能不吃惊？每一种都画得那么像，又只是那么简单的几笔。还有一些难得的老版中，带有极富丽的色彩，因为接近西藏，多用石青石绿一类矿物质颜料，所以虽然相隔一两百年，打开经典来仍保有当日的金碧辉煌，使我们想到欧洲中世纪那些僧侣的精美手抄本经典。

据他们的经典上说，他们是由西藏的冈底斯山下发源的，后来迁到中甸县的“北地”一带，现在要成为一个东巴仍是非到北地去“受洗”不可，所以这种象形文字在北地一带很通行。我过北地的时候，墙壁上贴有中甸县政府的布告，一边是汉文，一边是这种画小鸡小狗的象形文字，满纸的小鸡小狗和严肃的县政府的印信成一个极有趣的对比。

无疑地，在这种象形文字中有许多宝藏，我试译了两篇后，又看着它有那么多的本数，更使我相信这是一件大有可为的工作，虽然这件事也让外国人占了先，但以外国人观点来做中国的工作是很有问题的。对于么些象形文字这个宝藏，我们很可以大胆地来发掘它。同时，现在的东巴能精通他们经典的正在逐渐减少，许多经典已不能解释了，能写的更觉得寥若晨星，这亟待一个即刻的整理，不然会有无从整理的危险可能。

以么些文字书写的美丽的纳西经典

丽江、鹤庆、剑川的妇女

丽江、鹤庆、剑川这三县妇女吃苦耐劳的精神，使每一个旅行者都吃惊不已，凡是在迤西[1]旅行过的人，这一个深深的印象他绝不会忘记，女人竟能做出男人还不能的工作，使我们自动地赶快改去“女人身体的构造不能担任高强度的劳动”这个不正确的观念。

她们的吃苦耐劳简直到了一种不合情理的程度。在大理3月街上，可以看到一个“剑川婆”背着一张大方桌来卖，剑川到大理有四天的路程。有的，桌子小一点便一个人背两张，还有再狠一点的，连做成的整个楼梯都一个人由剑川背下来大理卖。

在鹤庆的街头和丽江每天的四方街上（这是丽江交易的主要场所），都满眼看见女人在动，尤其是丽江一带的妇女背上都有一块羊皮“披肩”，这上边并排地缝上七个粉红色的圆盘，站在四方街看，便只见到处都是这种粉红色的圆盘在转，美丽至极。

这三县的妇女的命运的确有点凄惨，从做小女孩起便担负了田间家中一切劳苦的工作，长大了又要以身体当牛马来挣钱养家，所以未到五十岁的年龄看上去衰老不堪了。“丽江、鹤庆、剑川女人的命苦啊！”一个四十多岁的“老婆婆”背着六十斤的东西在爬山，爬不动的时候对我说过这样的一句话。使我心中每想到这句话，便凄然地觉得这样的生活实在太

① 迤西，古地区，道名。明时称云南昆明市以西地区为迤西。

不合人道，她们自己也说：“在这三县的女人大半是活不到五十岁的！”

一过大理你便可以看到这些女劳动英雄，成群结队地背着比自己身体还高的背篓，走着空手还觉难走的路。最轻的重量每一个都背五六十斤，“剑川婆”据说又是其中最能干的，可以背到七十九斤，试想背着这样重的东西无论风雪阴雨，每天都还要走上七十里路，这岂是一个人的力量所能胜任的？然而事实上又的确如此，若说十七八岁的小姑娘能有这样的“神力”，不是自己亲自看到又谁肯信？

对于她们这种不合理的吃苦耐劳精神，在大理一带有很缺德的几句俗话：“有钱买个剑川婆，用来当作骡子驮”，还有什么“有钱买匹骡子，不如娶个鹤庆婆子”，话当然是太刻薄了一点，但是她们的耐劳苦精神却可以在这里很清楚地看出来。

由大理上丽江的时候，我便是跟着一批马帮走，马帮的大老板就是一个三十岁上下的女英雄，名字叫“十妹”，看着她那种精明能干的样子，总是想到《儿女英雄传》上的十三妹，以一个女人，领着马匹、货物和背脚走这样不平安的道路，不由得你不佩服。十妹是鹤庆人，我路过她家的时候曾看见她的丈夫，是一个红眼圈白眼珠，生有疥疮，拖着鼻涕，衣服从来不扣的一个小老头，吃草烟、走路吃水烟、睡觉吃大烟的家伙，不懂事不做事又大言不惭的，平常喇喇不休，怎么这里的男人会这个模样？十妹还曾给他买了一个小老婆呢，现在小老婆逃走到腾越，十妹又说要去赶她回来，不过这样的男子又何必给他讨小老婆？两个月后我从中甸回来在路上又遇见十妹，她仍在下关、丽江间做生意。的确像她自己说的：“这一路上谁不知道我十妹！”后来从别人口中听到，十妹又给她那个丈夫买了第二个小老婆。

丽江女人背上背的那七个粉红色圆盘，据说也与她们劳动有关。原来的样子是除了这七个圆盘，外肩上还有两个大的，这就是所谓的“肩担日月、背负七星”。对于肩担日月、背负七星的解释有好几种。在本地的么些语中说：这七个小盘是羊的眼睛，两个大的是“粑粑”(饼也)，不过羊眼睛望着粑粑又不知道是什么典故。另外一个传说：当初开辟丽江坝子的是一个女神，这个女神便是肩担日月、背负七星，所以现在的女人采用这种服装，也有说这是“七姊姊”。最后一个解释便是：这一带的女人太辛苦了，用这星月来象征她们披星戴月的精神。

对于丽江、剑川、鹤庆，这些地方女子的劳动精神，值得我们再三地赞扬，老实说也应该衷心致敬的。她们表现出一个女子身体构造并不比男子来得不合于劳动，看着她们工作的敏捷和她们健美的体格，使我们想到都市中女子的病态，凡是我们所称为都市女子的弱点，在这里都可以找到真实有力的反证。

对于丽江一带的女子教育应该是刻不容缓地去办，这样的女子再能有点知识岂不更好？也许有人担心一有知识反而不肯保存这种劳动的美德，不过我是这样想，这里的女人若加上一点知识便是一个标准的女性！我们需要她们出来做中国女性的新典型。

1939年8月

又端陽
廿九年寫丽江端午節
霖燦

丽江妇女同胞的服饰——肩担日月、背负七星（李霖灿手绘）

古宗艺术之初步考察

古宗[1]在西南夷中称为“姑缯”；现在丽江人称他们为“古兹”；我们称他们为“古宗”；他们称我们为“汉家”，称自己“蛮家”。

现在他们分布的区域，以中甸、德钦、巴安一带为中心，南边以金沙江为界，西康草地一带全是他们的势力范围。

这是一支很富于诗意的民族，他们以旅行为生涯，靠了他们几种难得的特长，许多民族不能通过的地方，变成了他们专利的所在。横断山脉与西康草地是有名的难以通过的地方，他们就专在这些地方来做交易，把汉人的茶、糖等，运到西藏，再把那里的藏绒、毛织物、“铁皮”[2]之类运下来。因为这是专利的缘故，古宗在旅行中变成了一个很富的民族，他们旅行的路线正是我们所最喜欢的，东线穿横断山脉到康定，西线经横断山脉过草地到拉萨。

未说到古宗艺术以前，应该先介绍他们的生活情况，艺术基本上离不开生活，再说他们的生活本身就很艺术。

因为他们是旅行的民族，所以生活是以“行”为中心，生活中的食、

---

① 古宗，曾是对聚居在云南西北部的藏族的称谓。

② “铁皮”，即氆氇，藏族地区生产的一种羊毛织品。

装糌粑的木盒（李霖灿手绘）

衣、住三方面都得适合于“行”。

食：糌粑和酥油茶是他们日常的食品，这于旅行十分方便，只要在口袋中装上糌粑、一块茶、一点食盐、一团酥油便什么地方都能去了。所谓糌粑就是炒面，由一种近乎大麦的青稞煮熟，晒干磨碎而成。吃的时候加上酥油茶用手来拌匀。不过这也需要一种技巧，正像外国朋友不会用我们的筷子一样。我和古宗人走了两个月还没有把搓糌粑的本领学到家。酥油茶是在茶中加食盐和酥油混合而成，酥油是和牛油一样，由牛奶中提出，但因为方法不好，不如牛油纯净，有一种腥味。这是古宗人的礼节：客人到家一定要请他吃酥油茶。为了学他们的礼节好和古宗朋友打成一片，对于吃这有腥味的酥油茶我事前曾特意加以训练，训练的结果是我竟然吃得很惯，而且在酥油茶中渐渐品出一点“巧克力”糖的美味，等到要和这般古宗朋友道别时，我竟然对酥油茶有点“留恋”起来。据说佛经上所谓的“醍醐”就是指的酥油茶。酥油茶的取法也与《涅槃经》上说的“从乳出酪，从酪出酥”的程序相符合。酥油茶和糌粑滋养都很丰富，而且主要是对于旅行方便，只要水一开便立刻能吃饭。古宗人是有名的生火好手，就是在大雨中三分钟内他们也准能把火生起来，一刻钟的时间使你饮到醍醐。

衣：古宗人的服装有一种沉重的感觉，颜色也是沉重的紫色调子，他们穿的衣服名叫“楚巴”。“楚巴”多由一种名叫“铁皮”的西藏毛织物做成，又宽又大，像是大氅，但上半截平常多束在腰间，白天是大氅，下雨是雨衣，晚上就是被窝。

住：因为他们是一支旅行的民族，所以对于住不十分在意，普通住的房子都是因陋就简地用木板搭成。古宗是很富的一族，你若由他们的住屋上来判断他们的财富那就大错了。他们住的木屋分上下两层，上层住人，下层住牲口，由院中架起一个短梯，人就由梯子上走上去。古宗人还保持游牧民族的特性，对于自己的牲畜爱护备至，所以和牲畜合住一个楼，不过这也与气候有关，古宗人都是住在寒冷的地方，因此牲畜住在下面也可以没有气味。在旅行中他们用很好的帐篷。

古宗人的衣、食、住都得合乎“行”的方便，不过古宗人本身也就适合于旅行，能吃苦耐劳当然是可由锻炼而得。但古宗人生来就有健壮高大

古宗人的楚巴衣着（李霖灿手绘）

的体格，先天上就占了便宜。和他们一道旅行的时候，每到休息的地方，我疲倦得话都不愿意说，他们却又要放牲口、烧饭、搭帐篷，而且在工作时还有说有笑，好像从不知道有疲倦这回事。稍有休息的机会，便兴致盎然地唱起蛮歌来。好的身体使他们能担负长途跋涉的旅程，身体强壮同时是他们对付土匪的基础，古宗人性子很野，土匪很少打古宗人的主意，这是他们先天上就占了优势。另外他们有几种特殊的技巧，如骑马、打枪、搭帐篷、生火伐树都是有名的古宗人的特长，靠了这些特长，古宗人便能在别人不能通过的地域内来去自如。

古宗人的生活简略地介绍如上，我和他们相处有两三个月，完全采用他们的生活方式同他们走过不少的地方，因之不但对古宗人生活有较深刻的了解，渐渐对于他们的艺术也动了考察的兴趣，因为没有时间准许我做正式的收集和详细的调查，就先把自己所见闻的艺术各方面做一个初步的整理。再说，古宗族是藏族很亲近的一支，一直到现在他们与西藏还保持着最密切的关系，他们宗教相同，而他们的艺术又差不多全部与宗教有关，因此在未能完全明了西藏的宗教和艺术之前，亦不容许我们做正式的古宗艺术研究。

初步考察古宗族的艺术，分作绘画、建筑、音乐、银器四项：

一、绘画

没有看到古宗人纯粹的绘画，他们所有的画全与宗教有关，也可以说他们的绘画只有佛像，这当然是藏画的支流。由他们所用的材料不同，可以把他们的绘画分作版画、壁画、绢画三种。

甲、版画——这类似于我们的年画，大都是刻在木版上的佛像，时常附有藏文的经典，用意原在“辟邪”而不是为欣赏，他们的版画完全是“线刻”，很像中国古本小说上“绣像”的作风。线条上曲折婉转显然是画好才照刻的，不分明暗，线间的距离也相差不多，虽然看着稳重但颇呆板，没有像内地年画用套色版的，都是用单色印刷，由喇嘛寺发行。

乙、壁画——这是他们绘画的主要部分，在他们的绘画上也以这一部分造诣为最深，在活佛或私人的小经堂内以及喇嘛寺中都有壁画，尤其以喇嘛寺门口的四大天王及寺内的大佛像为了不得的杰作。

这种壁画的用色用线都近乎“青绿山水”。线条不再有版画那样流动婉转的感觉，只是呆板地着色界线。因为靠近西藏的关系，石青石绿是他们用得顶多，也是他们顶喜欢的颜料，他们也很喜欢用金色银色，这些矿物质的颜料既经久又色彩鲜艳，所以看他们的壁画很有宫殿中那种金碧辉煌的感觉。

他们不注重体积，对于绘画上的立体感完全没有把握到，照着线的区划来填颜色所以看去接近图案而不太近绘画。这种性质尤以大的佛像为最甚，也许他们只把这种佛像做崇拜的象征，因此也不需要在艺术上做进一步的追求。

他们画壁画的方法很像西洋古代的“鲜画”(Fresco)，小一点的佛像以及幡幔流苏等装饰都是先在厚纸上画出，用针照着画的轮廓刺上洞，画的时候，把厚纸平贴在墙上用有颜色的粉末打过去，于是便在墙上显出了要画的全部轮廓，然后用线勾勒再照填颜色。

丙、绢画——这是正式的藏画，有许多好一点的佛像简直就是由西藏带来的，佛像都是很精致地画在细的麻布上，方法很像西洋的油画，先在布上刷一层粉底使颜色不致透入布中，又多半用不透明的颜色更觉得十分相近油画的味道。和壁画一样仍然不知道捕捉立体的感觉，虽然十分细致，然而仍是图案的作风浓厚。对于这样的绢画，他们是珍贵得很，只有在阴历上元节才拿出来供奉一次，这是一年唯一去看的机会，平常是不轻易拿出来的。

二、建筑

这里所说的建筑专指他们的宗教大建筑喇嘛寺，古宗普通住的房子很简陋，但喇嘛寺却伟大异常，因为这不但是他们的宗教中心，而且同时也就是他们文化的中心，古宗族中的优秀分子也大半聚集于此。

以中甸的喇嘛寺为例，这一个大寺有近两千的喇嘛，由八个寺院和两个金顶大寺组成。这一个喇嘛寺的富丽和伟大都是西康与云南边境上的奇观。这大喇嘛寺的建筑完全模仿拉萨大寺，规模之大也和拉萨大寺不差多少。在人口稀少、建筑简陋的边地会忽然出现这样伟大的建筑，使每一个旅行者都为之惊奇。

喇嘛寺原是住喇嘛的，但我却在这大寺中住了近一个礼拜，喇嘛可以有朋友，因此我便以朋友的资格住在喇嘛圣地中。

为了要参观及描绘那金顶大寺的内部，我曾先去和他们最大的活佛谈过话，又曾和喇嘛寺最高行政机关的八大老僧会议去接洽。承他们的慷慨，我可以自由描绘这座喇嘛城的内外全部。最遗憾的是我未曾学过建筑，所以有这样好的机会，我只是目迷五色地看了一遍，不能在建筑上有较成系统的报告。假如是来了一个关于建筑方面的专家，我相信他会有很可观的收获。因为显然这个喇嘛寺是取另外一种形式建筑起来的，一眼看去，满是一种异域情调，但很清楚地又不完全是西来作风，应该是有特殊的营造方法。我只是从美的观点来看，也觉得灿烂辉煌极了，尤其是那大金顶寺的正厅，这也是他们每天三遍念经的所在，可以容得下一两千喇嘛列坐念经。在这个大的厅堂内你可以看到一排一排的柱子，柱子上面完全包裹着美丽的藏绒，上面各种花纹都有，尤以红黑十字花纹为多，由屋顶高高地透下光来，满眼只见充满了粉红色地调和在舞台上，我都没有看过这样富丽的光彩。在念经的时候，一列一排坐满了红衣黄帽的喇嘛更有说不出的一种美丽和和谐。

所有喇嘛寺的建筑都是用一种淡淡黄色的白土造成，像是水门汀[1]，每一个较大的寺院就像是一座堡垒，全喇嘛寺就是由堡垒集合而成，在这

① 水门汀，即水泥。

远眺中甸的噶丹·松赞林寺（即归化寺）（李霖灿手绘）

寺中喇嘛（李霖灿手绘）

些堡垒的外围还有高大厚实的一圈城墙，喇嘛城中又充满了勇敢的喇嘛战士，这伟大的喇嘛寺从来没有被人攻破。喇嘛住的这些像水泥的建筑，都有很大的窗户，房顶全是平台，可以站在上面很舒服地浏览远近的风景，不成平台的房顶只有那两个神圣的金顶大寺，为表示它们的尊贵地位，房顶四周虽然也是平台可以任人行走，但正顶却采用宫殿的形式，而且全部屋顶都用镀金，在几十里外都可以看到金顶寺的黄光。

柱头上的装饰和柱头的形式都有点像是希腊的形式，用石青石绿涂上颜色，像花的枝条一样分披下来，其他像他们大寺内部的结构、装饰都很值得有这方面专门学识的人来做长期的研究。

三、音乐

我和古宗人在一起，时常听到他们唱一种沉闷的蛮家调，虽然他们也唱些夷家调（罗罗调）和汉人的歌，但这不是他们的东西，而且要正确地找出古宗真正的曲调也很不容易，这一支以旅行为生涯的民族，时常很自然地学会他们经过地方的各种歌曲，比较靠得住一点，还是依据他们居住的地方，所命名的曲调，如龙巴调、阿墩子调之类。

有一天晚上在森林中遇着了大雨，我们三个帐篷完全漏水，睡觉是没有希望。于是我便提议唱歌，对着三个帐篷中间比人头还高的大火，我先唱了一段京戏，想他们也觉到这是异乡的曲调，便以他们自己的曲调来做回礼，在大雨中对着这堆野火他们一直唱了大半夜，除了罗罗调及么些调外，他们拿地域把古宗调分为龙巴调（龙巴地方的古宗调）、格咱调、阿墩子调、永宁调和通常的蛮家调这几种。那天晚上像是在古代森林中开了一个原始人的音乐会，那时若有一个音乐上专门人才在场，定能收到不少的资料。边民藏有许多可贵的音乐在等待人去收集、整理、研究。

在声乐方面他们都有一副浑厚洪亮的歌喉，这是由于他们健壮身体的得天独厚。在他们用的乐器中我只看到二胡一种，一边跳一边唱又一边拉二胡的，跳的步伐与二胡的声音很合拍。

跳舞、音乐混合在一起的还有一种“跳古庄”（锅庄），是把男女分开两组，在中间生起一堆大火，大家围着火边跳边唱，唱的多是情歌。他们的音乐大都与爱情有直接的关系，跳舞要围起火也应是原始习惯的遗留，这使我们想到森林中夜火跳舞唱歌的原始野趣。

四、银器

古宗所佩用的银器可以分作两大类，一种是纯为装饰用的，一种是带有宗教的含义。前者我们举出戒指为例，后者则举护身佛盒为例。

甲、装饰用的银器：

古宗人极喜欢佩戴银器，有时候使我们想到他们可以和贵州的“花苗”比美。现在只举他们的戒指，这又分为大小两种，大的一种多佩戴在女人的发辫上，较小的一种男女都喜欢戴，女的时常一只手上戴上十多个戒指。

他们的戒指都镶嵌有宝石，是西康草地及西藏出的一种有红颜色的石头，很鲜艳而不透明，通常他们用得最多的有大红、深绿、深蓝、粉红、浅蓝几种颜色，和他们壁画上的色彩有相同的感觉，因而可以看出他们都是采用一种沉重的鲜明色。在他们服装上的颜色也与这个条件符合，因为他们穿的“楚巴”多是深紫和近乎黑色的红色等，就是从衣服的形式看，旅行的服装也应该简便才是，但古宗的衣服累赘烦琐，有一种沉重的感觉。

戒指的形式很多，因为时间和其他关系并未曾有计划、有系统地收买，只就记忆所及的画几个样子在下面，若将来在巴安、理塘一带做正式的收集，那应该有较好的成绩。

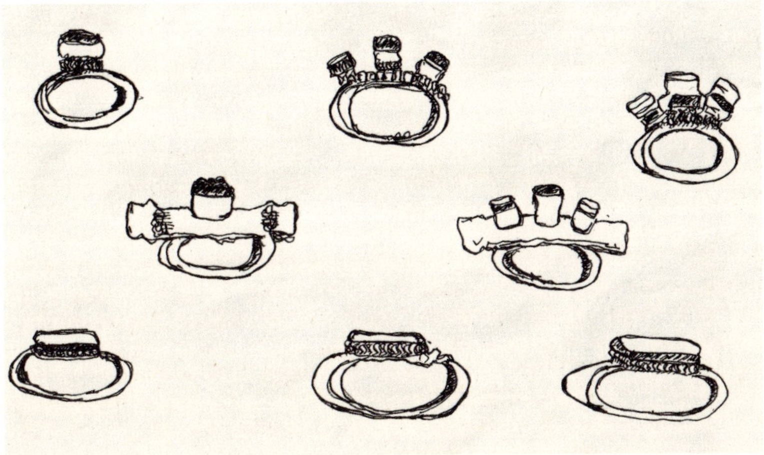

古宗人的戒指（李霖灿手绘）

乙、有宗教含义的银器：

喇嘛寺中有许多很珍贵的金银法器，上面的花纹都很可观，但那短期内不易看出一个头绪来，我在喇嘛寺短期地停留，没有办法给它一个较有系统的整理。这和喇嘛寺的建筑同样是留待日后的研究工作。

现在我们只举他们银制的护身佛盒做一个例子，这是古宗人差不多每一个人都佩戴的一种宗教银器，像一个盒子的形式，平常是不准许打开来看的，里边装的大半是他们活佛送他们的小东西，因为他们相信凡是活佛接触过或赐赠给他们的东西，都有无限避邪的法力，甚至于可以刀枪不入。

较精致一点的护身佛盒大半是由西藏拉萨一带来的，藏族对于他们的宗教更加信仰，所以护身佛盒更是必需品，因此有许多精致得惊人，各种样式都有，方形、圆形、菱形，色色俱备。关于这种护身佛盒的形式与花纹若是要做较详细的研究，那应该是到拉萨一带做较长期的居留。

古宗的妇女很爱银器的装饰，所以对于古宗族，只把他们所有的银器做一个收集整理，便是一件很有意义的工作。在他们喇嘛寺中的法器上，其他如古宗妇女的耳环、银扣等都有很好的形式与精细的花纹，以上所画

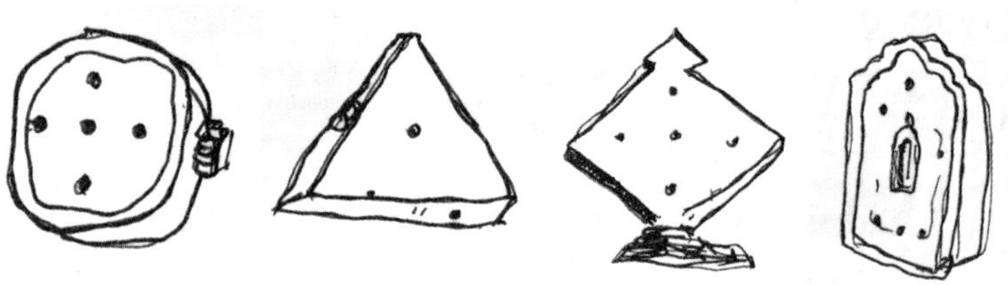

古宗人常用的护身佛盒（李霖灿手绘）

古宗小姑娘戴的护身佛盒（李霖灿手绘）

的都是就记忆所及的、最常见的画一部分，真正好的银器数量与质地上都要比画的好许多倍，这一片园地在等待有心人去开发。

对于这支富有诗意的古宗族他们的艺术，因为时间及其他方面的关系，初步的考察就我个人的能力也只能如此而已。希望能在最近有更好的正式研究给我们看到，当然我自己也希望能得到一个较长时间的机会容我做进一步的考察工作。

1939年10月10日，昆明

中甸十记

金沙江上

到丽江后不久，我便计划着上中甸去，一来想到古宗人的生活中心去考察他们的艺术，再者是想替徐霞客先生完成未了的心愿。当日，木土司因为路上有盗匪曾阻止了这位伟大的旅行家的行程。现在时过境迁，我随着一群古宗朋友同道走进横断山脉。

古宗人“打野”的帐篷（李霖灿手绘）

第一天宿“阿喜”[1]，开始了帐篷生活。从此上去山势更伟大，人口更少，每天都得“打野”（露宿）。所有一切饮食用品都必须由丽江带来。当我由西岭上过来看着西北两面一层叠的山头，心中不觉地说：“呵，这才是山！”

阿喜就在金沙江边，对于横断山脉我从小的时候就对她神往。尤其是由横断山脉中下来的金沙江，这是长江的上流，我对她有更亲切的思慕。第二天，当坐着渡船在急流中轻轻地划过去的时候，我曾想到这水是要流到江南去的，因之也想到不少的往事。

① “阿喜”，位于云南省玉龙县龙蟠乡，又名兴文村。

玉龙雪山的对面就是哈巴雪山，金沙江从中穿流而过（李霖灿手绘）

过金沙江后便到了玉龙雪山的后面，横看成岭侧看成峰，从丽江看上去是那么峭拔的雪山，现在真是玉龙一条蜿蜒地隔江横在我们面前。在玉龙山的对面，就是中甸的哈巴雪山，金沙江便在这两座终年白头的雪山中疾驰而过，这是有名的虎跳涧，得名的来源是说两山狭处虎都可以跳过去。浩荡的金沙江被缩挤到这么狭，其中该有多少惊心动魄的奇景，看着两座雪山的异峦奇峰，便已默默许下这个心愿。

江边热得厉害，白天逼得我去江中游泳。在水中看着江上玉龙山云中出没的白雪，心中自以为这也是奇观之一。

金沙江上的明月，凡是看过的人从不会忘记的。就是夏天的江边，夜里倒清凉得很可人，吹过江上的风好像还带有雪的气味。天蓝得像普鲁士的天空，加上两座被银光披蒙的雪山，哪里还是人间的境界？像一个北冰洋清凉的梦……

江的两岸，微风低涛声中传过来悠远漫长的歌声，我们都不禁走出帐篷坐在月光中静静地听，慢慢听出这些情歌的词句，他们也在歌颂金沙江的美丽：

雪山不老年年白，江水长流日日清。

海拔一万尺的草原——中甸

在金沙江边走了三天，便沿着硕多岗河向中甸上升。由丽江到中甸要升高三千多尺，所以一路上都是极大的坡坎。在最高的红石哨一带，因为森林茂密湿气又重，变成了可怕的蚂蟥世界，在这一带旅行，药皂是必不可少的。

红石哨过后便接近这个海拔一万米以上的大草原。到小中甸坝子里，你便会发现你自己真的在“花花世界”中了。5月中水草长得有两三尺高，一片绿的原野中到处开着奇怪的花，各依自己的颜色自成一

中甸景色（李霖灿手绘）

楚巴，像一个极大袍子而把袖子上半截拴在腰中（李霖灿手绘）

处，这样紫的一处、黄的一处、蓝的一处、红的一处，织成一个最大最美的大地毯。我来时，庐山植物园有一批人员正在做采集的工作。

在中国的大草原里你会自然而然地想到骑马，眼看这一望无际的绿草，自己预先就疲倦起来，一个渺小的人什么时候才能走出这草原的世界？着红衣黄帽的喇嘛在草原上纵马扬鞭的姿态，使我对于骑马发生极大的兴趣，结果这一片绿野教会了我骑马。中甸县县长对我夸口，在中甸你要几个飞机场都容易，天然的就是。的确，也只有中甸县可以作这豪语。

中甸城中虽然有许多汉人在做生意，但却是蛮家的中心。这里生活情况无论衣食住行都不同了，衣服是笨重的楚巴，至少有十多斤重，像一个极大袍子而把袖子上半截拴在腰中，走起路来一摇一摆别有一种稳重的感觉。吃酥油和糌粑，把一种像大麦的青稞磨成面粉，用酥油拌着吃，酥油茶是把茶中加上食盐、酥油（由牛奶中提出）掺匀而成。初吃，很多人吃不惯，但是一旦知道它的味道时便再也不会忘记，有人说是“醍醐”。衣食两方面都给“行”以很大的方便，楚巴穿起来下雨都不怕，口袋中只要装上糌粑，带一块酥油、一点食盐一块茶，便可以上路。

中甸的房子大都用木板盖成，屋顶也是木板用石头压住（因为每年有一半时间在雪中，瓦反而没有木板合用），分上下两层，上层住人，下层住牲口。这也与气候有关，中甸蛮历六月间才看到牡丹花开，一年四季寒冷居多，所以下层住牛马，也可以没有气味。用一个短梯由院中搭楼上，因此你在中甸可以看见许多女孩用大木桶背水，这又是因为挑水上下楼梯不方便的缘故。

语言，在中甸城中还可以勉强通用，因为做生意的多是丽江人、鹤庆人，可以讲汉话，但仍以蛮话为主。假如不懂蛮话那根本不能来这里赚钱，你在中甸很难找出一个不会蛮话的人。

在这里还不使用法币，因为蛮家不懂同是一张纸怎么既可以做一块钱又可以做五块和十块？蛮人多疑，法币力量到底还是伸不进来，现在通用的是一种川洋，比云南的半开银币大一点，上面铸有清朝四川总督的像。

一个川洋作七角计算，在丽江，这种钱的暗盘要两块半法币才能换它现金一元，所以我们进中甸时这一兑换就吃了很大的亏，辅币用铜圆，十个铜圆算一角。

鞠躬、握手等礼节在这里也不适用，两手平伸面前算是致敬。对于最尊贵的人见面要用“哈达”，是白丝绸做的长条，送“哈达”等于我们的“挂红”。对于外边新鲜的东西，如假珠子、针线之类他们都欢迎，而且蛮人礼重，你绝不用担心会吃亏，回礼一定是多于你所送的价值。有时他们会留你住下来一直到他采办到回敬你的礼物时才放你走。所以给蛮家送礼，情义和回礼会一道回来。

中甸有五六个月被雪封着，一年四季屋里都生火，阴历二三月间才开冻，一年只能收一季青稞，但是一片草原稍加人工培植便是最好的牧场。在中甸种田实在不如牧畜的利益大，除因牧畜出产牛乳、酥油外，中甸还很丰富地出产贝母、金子、麝香、冬虫夏草等珍贵物品，看着那地广人稀的大平原，移民似乎是不可再缓的工作。

伟大的喇嘛寺

中甸的喇嘛寺是云南和西康边境上的奇观。

这个伟大的喇嘛城是由八个大寺组成，一切全仿效拉萨，规模也与拉萨的大寺相差无几。这是他们宗教的中心，也是他们文化的中心。若拿中甸城来比喇嘛寺，就像个叫花子站在阔少爷的旁边。只要想到这里有两个金顶大寺，大殿的屋顶全部用镀金的铜瓦盖成，就可以知道这工程和费用的浩大。每一个大寺就是一个堡垒，外面再加上一个那么坚固的城墙。中甸喇嘛城从没被人攻破，喇嘛兵团的武力也是远近闻名的。县政府每年按喇嘛的职位发给他们钱粮，中甸县政府顶大的工作就是每年替他们向民家收粮食、酥油再发给他们。蛮家固执得很，若不是迷信喇嘛寺，那什么都不肯拿出来的。这样每年县政府要发给他们一千七百石的青稞，酥油一万多斤，另外像灯草、绳索似的东西都有规定，合算起来至少也值国币六七万元，用来办一个很好的中学是有余的。

我也初步地知道了一点喇嘛寺的组织，这里边顶难安置的就是活佛，活佛本是至高无上的，他说城中哪所小太阳宫的方向不对，大家就得动手把它整个地搬过一个方向。去年他偶然说一句“我不喜欢你们杀牛”，全喇嘛寺立刻禁止杀牛。然而他既是活的佛爷，人间俗事又是不屑于去管的，大寺中的一切全由“康普”（掌教）去统制。在大典礼一同念经的时候，掌教就正坐在佛像的前边，活佛反而在他的旁边，这样似乎活佛的地位在寺中又不如掌教高。掌教是喇嘛寺中最高的领袖，他终日关门念经不能离开大寺一步，遇有大典方才出来念经，普通人很难看到他。

喇嘛官可以分作两部分，一部分专管宗教，一部分专办行政，都以掌教为首领。

中甸的噶丹·松赞林寺（李霖灿手绘）

关于宗教方面的僧官，在掌教之下首先有“格喜”，相当于我们的“博士”，非在西藏学佛十年是得不到这名贵的学位的。他们的任务就是解释经典，是一种很荣耀的终身职位，“康普”就是由“格喜”中选出来的。

其次是“格规”[①]，我们都喊他作“铁棍喇嘛”，因为在念经的时候他老是手执一条大铁棍森森地站在那里。这是教中的“执法官”，无论哪一个有不规则的行动，他便以铁棍打去。他有格杀勿论的特赋权力，就是活佛不念经他也要去质问活佛的师傅的。这个职务每年换人，因为这是最得罪人的一个位置。

“英者”，翻译过来是“掌堂师”，这也是西来学位之一，专门管今天该念什么经，每天三次念经，一千个喇嘛都得等他先开口。就是那么隆重的大典礼中，他不开口连掌教、活佛都不能先出声的，因为他是专门学者，所以也是终身的职位。

和“英者”“格规”“格喜”可以并列的是“格刚”，这是每一个大寺的寺主。中甸这个喇嘛城共有八个“康产”，两个“德昌”。“德昌”指的是中央那两个金顶大寺，“康产”是普通大寺，“格刚”就是普通大寺的主人。

把他们在宗教本身的组织系统列一个图谱：

---

① “格规”，也称格贵，汉文音译。

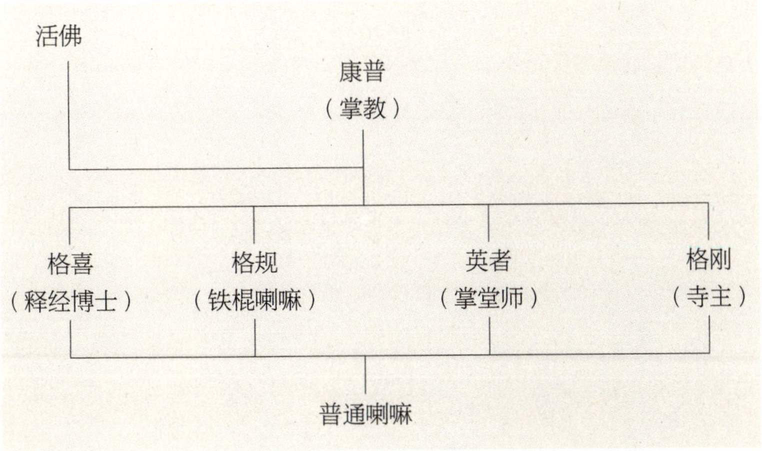

行政方面也是以掌教为首领，不过遇有重大事件便和八大寺的“老僧”商量，所以在“掌教”之下有一个“老僧会议”。在大金顶寺的第三层上有一座八大老僧会议室，一切行政方面的事体都由老僧主持。活佛是世外人，喇嘛在他面前杀了人他都不看一看的，所以行政系统中并没有活佛的位置。

“香椎”是副官长，内政外交都需要他出头，有极大的权力。“钟意”是掌教的秘书长，一切都由他经手写出。“业哇”相当于我们的“财政部部长”，掌握经济大权。军政方面有“百长”。现在把他们的职务列图谱于下：

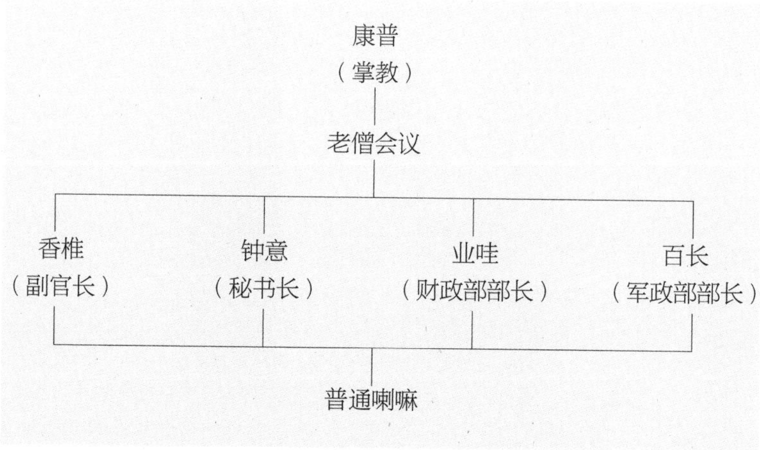

这能容几千人的堡垒全用一种淡黄色的白土筑成。金顶，开上那么多的红黑两色的窗户，使你产生一种异国情调的感觉。金顶寺的金光几十里外都可以看到。来朝拜大寺的人都要先绕大寺三圈才能进去，因为他们相信走一圈等于念一遍经。古宗人对喇嘛教一点都不懂，因为大多数连藏文都不认识，但他们对喇嘛教却固执地相信，不会念经就想出许多替代的方法，在大路上你到处可以遇到用刻有经文石块堆起的喇嘛堆，大家都靠左边走，来回一趟也等于念经一遍，庙宇门口都有可以转动的经柱，这样便真的法轮常转，老年人手中时常擎着一个可以旋转的铜经柱不歇地摇，更妙的是在一些人家的窗户上也会发现这样的经轮，四面装上大风叶，风一来就转起来，据说，转一遍等于念一卷经。

喇嘛寺使古宗人的人口再不会增加，因为大家都以当喇嘛为光荣。家中有三个儿子便两个儿子当喇嘛，假如还有一个女儿便招一个女婿进来，索性三个儿子都去当喇嘛，因此形成现在中甸一带地广人稀的现象。

然而说起来当一个喇嘛何尝容易，仔细算起来，修到一个喇嘛比我们读到大学毕业用的钱绝不会少。几年的苦修苦练还必须进西藏一次，才可以得到证明文件。这去一趟西藏来往费用就很可观，在拉萨住上几年这又得多少钱？十年寒窗得了个学位回来，大寺中给你一个较高的位置，你就必须对全体喇嘛一个个送礼，假如没有几千两银子实在铸不成一个喇嘛。在这座喇嘛城中，在政府备案有名位的喇嘛，共有一千一百二十六个人。

松茂活佛

蛮家相信活佛，尤其关于他们所谓转世的神秘更使人不可解，于是我决意亲自去拜访这位神秘的人物，我选的对象是松茂活佛。

松茂原是一个地名，这里曾出了一个顶有本领的喇嘛，他死时，人们便说他已成为活佛又转世了。我去拜望的这位松茂活佛已经是转世第五、第六代了。

他们以为最大的转世证据，是能认出前世自己用过的木碗等用具。这

松茂活佛（李霖灿手绘）

些隆重的典礼可惜我没有遇到，不过我想活佛既这样受人顶戴也许会有一点异于常人的风采，等我真的走进活佛的楼上，我无疑地失望了，松茂活佛在我这俗人眼中看来是一个十足的“普通人”。

我带了一点茶和一条表示最高敬意的“哈达”走进他的寝室，学蛮家的规矩盘膝坐下。翻译告诉我，这位活佛很通达汉礼，于是我们很家常地谈起来，我给他画了一张速写像使他很高兴，而且他希望我再来中甸时给他带一点颜料来。怎么能使人相信这就是全中甸顶神秘的人物呢？然而又不能否认，他住的这座楼就全部是用扁柏盖起来的，扁柏的地板既光亮又有香味，这些珍贵的木头都是由西康运来，试问谁有这么多钱能买得起，又何处去买这么多，然而活佛要修房子，自然会有人老远地由“草地”下来敬奉。

活佛有四个寝室，哪一季睡哪一个都有一定之规。他的一切用具都是专用的，别人绝不敢动用，他用过的东西都带有神力，哪怕是破鞋，蛮家有人得了都会珍藏在身上，说是可以避枪炮。假如活佛在街上走过，每一家烧藏香敬奉，沿着活佛走过的路整整齐齐地跪下两行，头上顶着金子、酥油等珍贵的东西供奉活佛。假如活佛用马鞭或用脚碰他们一下，那再荣幸没有了，这几年内一切都会顺利的。

基督教徒那种牺牲的精神也没能战胜古宗人的固执。在巴塘一带基督徒会把古宗小孩从小就置于自己的监护下，一直到受过洗礼，然而他一见活佛又自动地跪下礼拜。

人家都说松茂活佛有一个“护法”随身保护他，这当然不是我们所看得到的，然而他有一个有趣的传说，姑妄听之地写在下面：

从前某一代的松茂活佛在拉萨大寺时，有别个活佛的护法去戏弄他，他一巴掌把这护法打倒在地下，这护法就化作一洼油，于是火着起来，松茂活佛就把这油抓起来装在他的皮靴中。后来有一天，各活佛都集合自己的护法，那一位活佛念了三遍咒语护法还不见来，于是便去菩萨面前打卦，说是装在一个皮的口袋内。松茂活佛知道装错了赶快放出来，但从此和这位护法有了仇。松茂活佛便赶快回来，那位护法追赶他到阿墩子，一个乌鸦替松茂活佛说了一句谎话才瞒住那位护法，使松茂活佛能到这里来开山。结果到现在松茂活佛到西藏受戒，在拉萨不敢停过三天，就是怕这位护法再来寻仇。还有一件奇怪的事，就是西藏没有乌鸦，据说也是这位护法恨乌鸦替松茂活佛说谎话，便把乌鸦悉数赶出西藏。

中甸的土官制度

统计中甸土官共有二十三员，据县长说，这是全国县份中土官的最高纪录。

蛮家在精神上信奉喇嘛教，在行政上服从土官。蛮家除了有多疑的特性外还固执守旧，因为土官比县政府旧，他们便相信土官而不服从县政府。

土官的组织最高的有营官两个。这是从前“守备”的位置，名位虽是最高，但并无实权，因为他没有直辖的人民，自从把两个营官的年俸大部分拨作教育经费后，每年只剩下一二十石青稞，一点点钱更简直变成了虚名。

中甸县分作龙多、格咱、龙巴、本寨、江边五境，共设五个千总，名分虽在营官之下，但掌握着该境的人民却有绝大的势力，这一境中的诉讼案子都要在他这里办理，也可以不通知县政府自由征派民夫。

千总之下有“把总”，把总掌握他小小的区域，在他的地界内也算一个土皇帝了，但有诉讼案子得到千总处去销案。

这些是有名位、有年俸的土官，计营官两个、千总五个、把总十六个，共二十三员。

把总之下，还有“伙头”，是一种专管派民夫派马的人，因为公家不给年俸所以不能算土官。五境中以江边境接近丽江，所以文化程度较高，已渐渐有了保甲制度的雏形，千总也是汉人。其他四个千总、两个营官都是蛮家。中甸无论有什么事都不能不先得到他们的同意。

不能取消这些土官的原因，虽由于蛮家人固执地相信他们的土官，但主要的还是言语的不通。我们的公事到这里都翻成藏文然而也没用，普通的蛮家哪有几个识字的，所以他们只好听千总的一句话，有什么命令交给千总后，千总派人用言语去传谕他的境内人民。

千总在他境内有绝对威权，普通人见他的面都是立刻磕头的。他们出来的时候，一大群蛮团卫士跟着，个个穿着紫色、红色、黄色的楚巴，披枪挂刀，用银带背起护身佛的银盒，既威风，又美丽。

假如两家发生了争执，原告便到千总处起诉。千总听清楚后便把他的马鞭交给原告，意思就是鞭策催唤。原告把千总的马鞭交给被告，被告就立刻恐慌地把马鞭送回来。千总在听到被告的诉词，于是就下裁判，到底哪边有理，哪边没理，该打打多少，该罚罚多少。原被告既不在千总面前对质，法警也不到乡下传票催人。

这些土官大半不会有大的眼光，在地面上相当蛮横，偶尔有到政府去诉讼的案子，他们还会硬要提回去自己办理，又时常借题敲诈勒索，百姓没有办法，县政府也没有办法。听说从前还要厉害，所以他们有个比喻说县长是流水，土官是石头。水绝冲不动石头而且水是流动的，石头却是坚固地站在那里，水对于石头又有什么办法？所以现在这一带像石头的土官仍然占据着整个中甸。

县政府

一座怪凄凉冷落的边城衙门。

门口没有卫兵，段县长自撰的一副对联冷冷地挂在那里。

国家治乱，但看五境诸民族

边疆治乱，系此一座冷衙门

大堂上虽也写着“法院”两个大字，但公堂桌上积着很厚的尘土，记得还有一些鸟雀的爪印。惊堂木似乎根本没有，别处正式“是非焦点”的法庭，这里却有“庭可罗雀”的感觉。一边门柱上写着“官斋无事，时闻佛号与钟声”。

另外一个边门上写着：

囹圄草长讼庭冷，糌粑味永酥油香。

啊！原来这是一个监牢，那小院中青草长得可以藏得住人了。

说实在话，我对于这座冷衙门倒有点喜欢。在这里当当县长是不会妨碍“静坐”的，平常都是幽静得像一座尼姑庵，只有四天一班的邮差才会带了些一月以前的报纸来。我想假如把陶渊明先生放在这里呢？那也许我们没有眼福看到《归去来兮辞》这篇奇文了。清净到这个地步正好安心饮酒，反正出了事自有千把总土官自己料理，乐得不闻不问。深深地藏在横断山脉中，像督邮一类的官有谁肯深入不毛来视察，绝不会有五斗米折腰的窘态。像现在段县长这种“终日独醉又独醒”的享受，渊明先生在地下亦不免羡慕吧。

这里很可以放一个专门学者来做县长，想来绝不会妨碍他的研究工作的。会写字的段县长，就正在写《中甸县志稿》，而且和我说自从雍正二年（1724）设治以来，中甸的确有四五任县长都是文人学者。

段县长治中甸有两个原则：不欺蛮家，不怕蛮家。无为而治，想不到现在还可以在中甸看到。

白水台

杨振华先生和我出发得很秘密，等我们一起离开了中甸县城时，他才在马上告诉我此地仇杀的事情很多，不得不如此防备，此地重要的人物都是这样行踪飘忽的。

在中甸东南三日路程的北地，是么些人“东巴教”的发源地，要成为一个东巴（巫师）都必须来这里受洗。这是一个应该去的地方，那里又有白水台名胜。由北地下去又可以绕哈巴雪山而至虎跳涧，恰巧哈巴的杨振华先生来中甸县有公干，我便决定和他下北地绕虎跳涧一行。

第一天宿大宝寺下的一个“伙头”家里，大宝寺是全中甸唯一的红教庙宇，风景极好。

第二天在雨中出发，伙头的妻子女儿都跪在泥里磕头送我们。结果这一天顶苦，在松林中遇大雨，衣服行李都湿透，晚上虽然蛮家用竹子搭成帐篷，但因雨太大，三个帐篷都漏水，大家只好放弃睡的希望，在雨中生起大火。我提议歌唱：先唱了一段京戏，使我们高兴了，便把他们会的蛮家调、罗罗调、江边调、龙巴调、阿墩子调、么些调以及青年男女围火跳舞的“跳锅庄调”……都一个个大家唱和起来，像在原始森林中开了一个原始人的音乐会。由歌声中分明觉得热血在流。我想假如有一个音乐家能参与这个森林中的音乐会，那这一晚上定会有了不得的收获。

两天后到了北地，我赶紧去看白水台。

白水台离北地不过一两里路，远看是一个白水瀑布，等走到跟前一看这瀑布原来是石头。世界上哪里会有这么白的大石头，原因是石头中含有一种特殊成分，一见空气日光便渐渐沉淀凝结起来，于是便生成了一种半透明的固体，像水锈，像石钟乳。

瀑布水量很大，于是一层叠地凝固起来，白水真的成了台了。这是水云流动的固体模型，立刻激起我一个幻想，画家不是正在发愁没法描画水云变化的动态吗？这里可以容你面壁十年地来仔细体会，是谁一声神奇大喝，遂使万斛水云一时都凝？

白水凝成一层一叠的台，正向下面绿色的梯田，所以有人说这是“仙人”遗田。当初人民不知耕田，仙人特意先做出模型，使人民好去模仿。

对于太过于奇怪的东西要把它传达给没见过的人是困难的。白水台不但照相不能传达出其真相，就是用最微妙的笔画出来也不可能，所以没见过白水台的人仍然不能领会。

白地三坝的白水台凝水奇观

像是一层一叠的白玉，给匠人用造化大刀削成流水的形样，因为台每年在增高，水便东西南北地乱流，流过的地方便穿上白的外套，不流的地方经日光晒又渐渐黑起来，等别处台增高了水又流过来，重新给它一副新装。

在这样的白玉世界中，你可以恣情跳跃。有些白玉像是大力士吹的大气泡，这些水泡会使你更惊奇地发现，它上面一层层布满了半环状的连续凸起，所以虽然是一个怪危险的陡坡，但很少有滑下去的可能。我在这个神仙世界中赤着脚走了一个上午。

白水台（洛克摄）

假如白水台在昆明，我相信全世界都会知道它了，然而也许吧，造化把这样的奇景，放在横断山脉的深处是有深意的。

虎跳涧

虎跳涧是中甸和丽江两县的大名胜。丽江方面搬出一架玉龙雪山，中甸方面抬出一座哈巴雪山，把金沙江束得像一条蛇在中间疾驰而过。这两座雪山看守一条金沙江的长滩共有四十蛮里，使我整整走了三天。

在丽江这一方面因为玉龙雪山太削直了，从没有人起意去开一条路，由北地过来就绕着哈巴山走。经过世外桃源的哈巴，便可以望见虎跳涧了。

我们上升到山的半腰，石径似乎最近有人修理过。据说从没有人敢在这里骑马，跟我的人告诉我说坐滑竿的人到这里也自动地下来步行，不过我想，坐滑竿的人恐怕也不到这里来了。

迎面是一群苍耸翠连、高不可止的奇峰，连城夹嶂地列成一个山屏，这是玉龙山被削断的地方。往下看像一条白带的江水在翻滚奔腾，有时将风卷上来一阵吼声，有点像是钱塘江八月潮的怒涛。虎跳涧的江风是有名的，在冬天的确会吹倒人，不过像他们传说的鸟都不敢飞过却未见得是事实。

领路的人告诉我，山中坡坎大，哪有什么里数。有一天我只走了七里路。有一个地方叫大深沟，名副其实，一上一下足足走一个上午。景色也奇绝了，瀑布应该就在我们的脚下却看不到，实在也不敢看，只望着那深入地中的峭壁，头也有点晕起来。

过了大深沟，便可以望见真正虎跳的地方，像一个门，江水被挤得顶狭。虎能不能跳过是一个现在还不能解决的问题，因为到现在为止，这传说虎跳的峭壁从没有人能走拢它。险到这种程度也真使人神往，洛克[①]博士（Dr. Joseph Rock）虽也打过这个主意，但终归失败，后来他也只好雇一架飞机在上面飞了一趟，了此心愿。

像《丽江县志》上所说那么神秘却没有，金沙江也没有变成一个大瀑布倾流而下，然而虎跳涧也实在可以雄视世界了。试想，一条江在两架雪山中驰过该是怎样的壮观？

看过虎跳涧后我有一个感想：像这种伟大的景色，照相、绘画都没有能力表现，在这里实在需要中国画的画法，看过之后把它一齐融化，然后再把整个的印象在纸上表现出来。然而最要紧的，看虎跳涧，必须先有像孟夫子那般浩然之气才可以，不然不但融化不动，反而会觉得蛮山蛮水并来欺人，使你无余力去欣赏，毫无得获地归去。

① 约瑟夫·洛克，美籍奥地利人，探险家、地理学家。20世纪20年代至40年代多次来华进入滇、川一带探险考察。

金沙江在通过玉龙与哈巴雪山最窄处形成虎跳涧（李霖灿手绘）

民间疾苦

民间的疾苦非你亲自看到绝难以想象：一层一层的剥削，更是我们所梦想不出来的。在由中甸回来的路上，仅仅是在民间走了一趟便使我有点悚然！

去年老君山的会匪沿着金沙江边作乱，我在千总、把总家里还看到当时入会的执照，这不过是一片满纸荒唐言的破纸而已，但这一张纸中实在有不少的血和泪！

在会匪来布道惑众的时候，这样一张“会照”要两三块国币，老百姓愚得可怜，情愿忍痛把自己血汗换来的钱来买它。念经入会已用去不少钱，等到会匪作乱，又被胁迫参加，这已经给会匪把家糟蹋一次了，等到会匪到石鼓被军队蛮团打散，蛮团因为金沙江边多是汉人及么些人，便把牲口器物抢劫一空，这已经吃了两回亏，差不多倾家荡产了。最后公家在事平之后来收会照，往土官处交一张会照谈何容易，没有几十元国币他不肯收，在乱后谁又有这力量，然而不交又会说你通匪。据老百姓说当日起会，土官不是不知道，而且有土官给会匪送礼的事，但翻过脸来又认为这是一个要钱的机会，一点不肯放松。听说，田产卖得精光的到处都是，再没办法，便卖儿女，儿女不够，便卖身为奴，许多人把自己和儿子一齐出卖，最长的竟有到十年之久，不过是为一张纸。一直到现在还有许多人为它在做牛马生活，在流汗流泪！

“放茶盐”是另外一种剥削方法。中甸除江边境外其他四境都是蛮家，蛮家人多便欺负江边境。到江边来放茶盐，不过值两角钱的茶，但说明将来麦子熟了要一斗，还得自己备牲口送到喇嘛寺，或其他指定地点，又不敢不送，蛮家人多会下来作乱的。一个领路的人和我说他刚把自己最后的一斗麦子送去，现在在吃豆叶明年春天要饿死了。说起来中甸五境中，江边境太吃亏，其他四境的负担都要由它一境担负，蛮家不时又来敲诈，风俗习惯又近汉人而不是蛮家。从前有人建议把江边境划给丽江，实在深有它的道理。

我经过的时候正在办户口移动，调查，又是要钱。不怕你户口没有什么移动，每一个门牌两毛，假如家中死去一个人那便是四毛。人死也有税，在这年头，简直死的自由也没有了！

沿着虎跳涧那几天行程中，我没有看见他们哪一家在吃米。有一次夜间赶到一个甲长处换马，竟使甲长大为其难，因为他家中连点玉蜀黍的面粉都找不到，幸亏我自己带有米，不然不但他着急我也要挨饿。这还是一个甲长家，至于普通人，我实在不忍说他们在吃草。豆子和豆叶在一起蒸熟，大家便抓起来吃，这里面能有多少养分！我看到他们饕餮地吃到七八碗时，自己忍不住也落下泪来。

归途

云南无论在哪方面都丰富得惊人，中甸的旅行使我有进入异国的感觉，因为一切情况都不同，有多少我们梦想不到的事物都给我们发现，在中甸的东北几天路程就是。“木里王国”现在还在有名的木里王子的专制统治之下，在那里当然又有不少的东西等我们去发现。我在归途中已和中甸定下后会之期。

由丽江到中甸共走了九天，是随着那一群古宗朋友前进，和他们日夕相处便多知道了一点他们的生活，但对于喇嘛寺，除了看到它的外表外，别的知道得很少，因为蛮人多疑，他们藏的宝物都不肯拿出来看。这个需要事前多多准备，希望下次再来的时候有较好成绩。

古宗人的银器可以专门地来研究，装护身佛的盒子是一大类，另外装饰的银器如戒指、耳环又是一类，这里面都有各种形式和不同的纹样。这一次上中甸原不过是做初步的观光，将来时间准许我愿意在这方面下点功夫。

在归途中知道了一种与旅行人极为方便的制度，很像从前的驿站。出发时，一个土官派一匹马一个人来送我。这当然是必需的，因为我不但路径不知而且语言不通，假如没有本地人的向导，目的地走不到是小事，恐怕饭也找不到吃。对于他的盛情我很客气地领受下来，想不到的是从此永远有了马骑，有了人送。

这里的规矩是这样，“见人送人，见马送马”，在应该是一站的地方，都设有“伙头”，这是本地面上的官，他的任务就是派人派马。我一路上都在这种土官处换马，你一切用不着担心，靠了这种制度，不用花你一个钱就会把你送到目的地。

这种制度蛮家叫它“乌拉”，说是从清初就设立的，这两个字的意思解释起来是“备马”。“乌”字他们说没有意思，“拉”是“派马匹”，到底是不是这么讲，蛮家自己也说不清，不过我却靠了这方便的“乌拉”制度一直回到丽江。

1939年9月9日下午

附　录

编者按

当年步行团的路程是从沅陵出发经贵阳到达昆明，行程是分两段来走的，第一段是1938年12月3日离开沅陵，同月30日到贵阳，第二段是1939年2月7日离开贵阳，3月3日到昆明。《黔滇道上》这本书写的是贵阳到昆明的这一段。

为什么没有写沅陵到贵阳的这一段呢？主要的原因是我父亲这段期间的日记在战乱中遗失了，因此失去了准确的资料记录。但是所幸有李浴教授后来写了《难忘的1938年》这一篇文字以及我父亲晚年凭着记忆写了《步行湘黔的惊险》这一篇文字，多少还原了一点从沅陵到贵阳的情形，因此我把这两篇文字一并刊出，也许读者也可从中窥其情。另外父亲一篇《高原之歌》是有关这次步行在到达昆明以后艺专成立“高原社”的经过，也与本书前序作者沈从文先生以及刘鲁也先生有关，因而也附之。

李在中

步行湘黔的惊险

南岳衡山之行，可云是一个大学生乍入社会的初步磨炼。1938年的10月9日，我们又回到湘西沅陵，学校就是流浪学生的家。我向学校当局提出了报告，说明了亲身的体验和学校与现实社会脱节之可怕情况。

这时间，教育部派了滕固先生来做国立艺专的校长，他在德国受美术史的训练，曾写过《唐宋绘画史》的著作，所以他是有计划亦有抱负要把这学校办好的。

但不久长沙又吃紧了，学校决定迁往昆明上课。我和夏明、刘鲁也几位同学商议：何不步行前往？既可以一路写生，又可以一步一脚印地丈量祖国山河。

国立艺专徒步宣传团团徽

邱玺学长知道了，设计了一个步行团的团徽，赠给我做鼓励，他原是图案系的高才生，画了一个三角形做山，山下平行纹三道是水，中间一书一笔，是读万卷书、行万里路、画万张画、记万件事的意思。

至于经济方面，则不成问题，因为学校交涉的有汽车票，我们就把汽

国立艺专1938年在沅陵。前排左二冯永信，左三常书鸿，左四李霖灿，前排右一王正德，后排右四张时敏

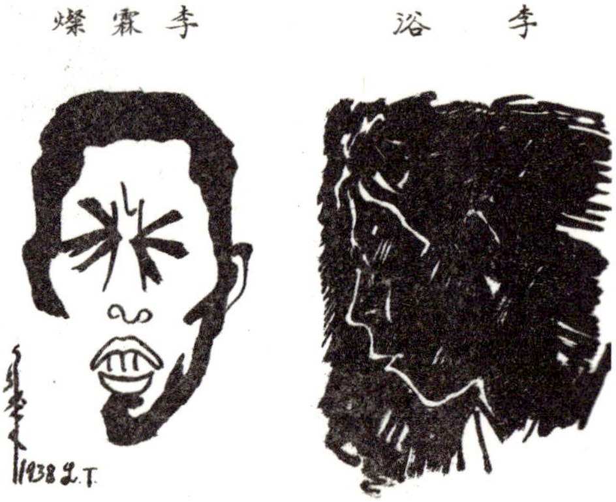

国立艺专毕业纪念册上的李霖灿、李浴画像

车票作为路费，还绰绰有余，并不要学校多花一文钱。

所以1938年冬，我们步行团要出发时候，我到校长室去辞行。滕固校长立刻召集了好几位教授和一些职员，说：咱们去送他们一下。一大群人跟着就拥了出来。

在校门口还照了一张全体相，以我们七个人的背包置于中央，校长、老师和一大堆同学挤在一块，好不热闹。只可惜，到后来始终没有看到这幅难得的出发照。只记得我们七个人，除了上边说的三个人之外，还有杨德炜、袁宏伟、许树勋和李浴。大家都取笑我们说：好一个八仙过海，就缺少了一位何仙姑。

但是，送我们起步的女学生却真不少，而且还不让我们背行李。送行的人，眼疾手快，一个个把我们的行李背在肩上，唱着歌要送我们一程。就这样，大家一片吵吵闹闹地离开了学校，踏上了征程。

那时候，没有现在的旅馆和饭店，要宿店须要自带被窝，所以背囊的重量成了很重要的计算。多了，远路没轻重，自己负担不起，而太少了又不够用。记得我们之中，夏明的背囊最重，十四公斤半，我的是轻量级倒数第二名，十二公斤。但是内中却夹有沉甸甸的《辞源》一本，在途中日读五页以为度，一以故意表示从容和游刃有余，一以表示有恒不辍，不以行军而改其志。

送过长湾分水的那条小河的时候，我们坚拒同学们再往前送，但是向他们讨回行李时，他们却视若珍宝一般不肯卸下，就这样一路又吵又闹，载欣载奔一直送到了筲箕湾，他们才很不甘愿地分手而返。这里是官路上的打尖之站，再往前走，他们就回不到沅陵校中了。

湘西是一个多匪的地区。据说有一位长沙的老师，对一位湘西的同学说过一句很不得体的话：听说你们湘西地方，每个人都是土匪?

学生无可奈何地说了一句十分委屈的话：这也不见得真可靠，起码我还不是。

由这里证明了湘西地方的紊乱可怕情况。偏偏我们这一群艺术专科学生不知厉害，竟然冒失地要步行闯关，所以到了辰溪县城之后，就亲自遇上了寺前铺之险。

由于在我们之前，西南联大由长沙迁往昆明之时，学生们亦有步行团之举，不过他们是三四百人分批步行，有汽车代为搬运行李，还有人员去打前站，所以不同于我们之艰辛困苦。

但是辰溪县有过这项官差的经验，也知道大学生步行团是怎样的一种意思，因之，辰溪的县长知道我们到达的时候，援西南联大的往例，邀请我们入署宴会，且有当地的绅良作陪，又拿出西南联大的步行团的名片给我们看。

在赐宴临散之际，有一位好心的人士，悄悄地把我拉到一旁说了一句话：明天寺前铺的道路上很涩，我提醒你今晚到刘大爷处走一趟，这样就安全了。

事到临头，安全第一。我作为领队更觉得责任重大，因而到店铺中安插了一下，就走向刘大爷的居处。问一问路上的人，刘大爷倒是响当当的无人不晓，投进去一个名片，立刻被请到客房中叙语。一见之下，原来就是坐在我对面一同宴饮的刘老先生。我立刻简洁地说明求助来意，刘大爷倒是豪爽得很，连道：你深夜来访，就是看得起我，我带个信给伍大队长就是了。我从他手中接过一个纸条，道谢而退，记得纸条上还有他的图章。

次日的傍晚时光，我们步行疲困地到达了公路上的寺前站，却静悄悄地没有一个其他的旅客。未晚先投宿，也只有车站对面的一间鸡毛小店，因为没有选择，我们几个人一头就钻了进去。真是简陋到了极点，老板娘倒是心好得很，看到门外无人，关起店门把所有可吃的东西都搬出来，让我们好好吃了一顿，我们走了一下午，饥者易为食，直把饭桶中的米吃了个桶底朝天。

老板娘搬来一个梯子，用手指一指顶篷，我们受四周气氛的影响，一个比一个乖地悄悄爬上去睡倒，谁也不吭声说话。突然砰的一声，老门被踢开了，一个大块头壮年汉子大踏步走入房中，口中说：还有饭没有？打开锅盖一看，颗粒无存，神情大怒，随手就把饭桶打落在地，等老板娘闻声出来侍候之时，他已经一溜烟地蹿出了店门。我赶快到门口去瞄一眼，“黑旋风”已经扬长而去，不知怎的，他手中还拖拉着一个擦胭脂抹粉妖里妖气的小娘子，一阵风地没入西方高岗不见了。

老板娘叹了一口气，自言自语地嘟囔着：就是这样一个伍大队长！

一语惊醒梦中人，在这种情况之下，前有险途后无退路，只有强装作不惧之状，去探一探这寺前铺的龙潭与虎穴了。和大家商量的结果，我决定去向这位大队长交涉一下，看一看情况或命运如何，已经落入他的手中了，是福不是祸，是祸躲不过。拿着刘大爷的信，向老板娘问清了地点，我一个人在西风残照里，默默地独自迈上了高岗。果然有一个人提着一支步枪在那里晃荡，便向他说要见伍大队长。

哨兵钻进一个破庙的洞中去，一会儿便叫我自己进去答话。我把刘大爷的纸条向他一递，他说：既然刘大爷吩咐，明天早上我派人送你们几个过去就是。倒是简单明了，原来他躺在地上吸鸦片烟，根本就没有什么起接迎送一套繁文缛礼，地上乱七八糟，又穷相毕露地不忍卒睹，真是一窟打烂仗的叫花子窝。

出得洞穴，天已经暗了下来，回到店里向大家说明了情况，大家也没有什么话说，既然已落入盗贼的窝巢之内，一切都在未定之天，只有看明天的命运如何。

晚上在顶篷上倒是睡得很着，大家也靠得很紧，晚间早上像是都有人来骚扰过，也记得都由老板娘应付过去。

老躲在顶篷上也不是个了局，找个机会下来吃过早饭，把行囊整理好，坐以待毙。而伍大队长派的人一直不见面，已经上午9点，势非出发不行，我便又走上高岗去办交涉。

他说：送你们的兵已经去了多时……不要紧，我再派人去就是。半个钟头之后，八个破破烂烂的兵吵吵闹闹地来到店前，说是护送我们几个过岗，我们心中都在嘀咕，不仅是护送，分明是押送。因为和他们过第一道哨的时候，那里的哨兵正在检查一个商人的货物，商人在苦苦哀求，那带队的哨长则声色俱厉！

我们呢？泥菩萨过江，自身尚且难保，更不敢管他人闲事。好在我们当学生的，都曾受军训，这时挤在一排中间，步伐整齐地踏步过去，不过那个护送我们的兵更像是押解犯人的样子了。不久，那个商人也赶上了我们一群人，不言不语，似乎在掉眼泪，而货物也不见了。

行行重行行，在我们正前方，出现了一屏山石大照壁，他们兵士中的一个，忽然喊了一大声：家伙要叫了！接着一声枪响，大照壁上立刻有了爆炸的回音。

“土匪们”一齐哈哈大笑。

这惊人之笔，分明是做给我们看的，也就是唬人的。我们身在现场事到临头，人的反应也来得快，他们还没有笑完，我们一干人也哈哈大笑起来，不过，笑得有点不大自然。

在京戏中把笑分作微笑、偷笑、傻笑、狞笑、痴笑、假笑、开怀大笑和颇为得意的笑等，据说有一百零八种之多，不知道包括不包括我们那种心中害怕，而表面上又不敢不笑的微妙笑容？好在我们几个都演过戏，就这样一面演戏一面大笑一面斗法地直奔前程。

12点钟过头，我们一大群人总算平安抵达了此行终点，又见到了市集，我们才都把心放下。一路上杳无人烟，他们总不会在市集众人之前对我们下手吧？记得是一个叫什么中伙铺的地名，距我们的宿站还有一下午的路程。

有人来提醒我们要赏他们一点酒钱，我们凑足了一个数目叫人送了过去，立刻就给碰了回来，鸣枪示威的那个兵狠巴巴地把钱往桌子上一甩，说这还不够格老子的草鞋钱呢！

市面上自有和事佬这一流的人物存在，好说歹说，足足又加了一倍，才算了结这保护费的一段公案，记得我们团中还有人掉下了眼泪。而那位商人，却在那里骂了起来，因为他已一无所有血本无归……

打尖过后各奔前程，现实的教训和磨炼使我们也增长了不少，道听途说的实际知识，譬如未行动前已向保路队的队部去请求保护等，这在学校的教科书上是从来都没有听说过的。

没想到这一段路是归宪兵负责的，那位郑连长见我们是学生，就拍拍胸膛保证我们的安全，但是却反问了我们一句：你们怎么这样大胆？我们通过寺前，都是严阵而行，记得那一次有两个病号落伍了，也给他们去剥了猪猡！

我说：也可能是辰溪刘大爷的声名。便把夤夜求助的故事告诉了他。

郑连长颇以为然，湘西也是“袍哥”的天下，刘大爷是这一带地面上的舵把子，吉人天相破财消灾，从此更无梗阻，便可登程前进。但是他在这里停顿了一下，看了一下墙壁上的挂钟，说：再过十分钟，查路队就要出发，你们要不要和他们一道走去，真的是万无一失！

谁说不是呢？有那一排宪兵保护，我们平平安安地到达了目的地，记得地名是叫花桥。恰巧在那临别的高岗之上要分手的当儿，有一小贩背来一捆甘蔗求售，我见机而作，买下，对那位杨排长敬了一个礼，说：山野之中无以为敬，每人一棵甘蔗聊表谢意，如何？大家都笑开来了，果然是尽欢而别。

那一天章回小说的回目，日记上便记着：

三魂飘落寺前铺，一捆甘蔗到花桥。

高原之歌

等待，我们踏遍了这人生的战场，

等待，我们爬上了成功的高岗；

我们要在那里举杯痛饮，

庆祝我们事业的克抵于成，庆祝我们友谊的星月辉煌！

云贵官道上的步行，是我们这一群西湖艺专的学生，从象牙之塔走向十字街道，因之到了昆明之后就有人提议，我们既已身在云贵，为什么不组织一个“高原社”呢？

这一项应景的提议，马上就得到青年朋友的热烈赞成，而且说办就

高原之歌

办，立刻就开大会宣告成立。我们步行团的朋友，因为曾经脚踏实地丈量过祖国河山，理由充足地成为当然会员。

既有高原社，便想到要有一个社歌。艺专人才济济，就把这一项任务交给音乐系的同学去负责，而且不久就拟出了好几首，还来个公开演唱比赛，结果由梁树祥、刘鲁也两人合作的高原歌，得到了大家的赞赏。于是“高原高！高原好！高原上的朋友们肯向前跑……”的歌声，传遍了学校的每一个角落。

真是人同此心、心同此理，就在这个时候，西南联大的一群文艺朋友也组织了一个社，而且也命名为“高原社”，还聘请了沈从文教授为他们社中的导师。

西南联大比我们到昆明早，但是我们能写会画，再加上高原社歌歌声响亮，惊动了一代文豪沈先生。他说：这有什么困难呢？由我出面撮合，使这两个学校的高原文艺社结为秦晋之好。

于是他便着手筹划，而且筹划得十分精致，一如他的文章和为人。把时间向两方面约下，地点就在他的家中，真是一场盛会，因为与会者志趣同、经历同，又同属一个大时代中的人，所以一经握手介绍，顷刻间谈笑风生，直把沈老师家中吵翻了天。

沈老师看在眼里乐在心里，把他早到昆明在高原之上所收集来的各项宝贝，一一都展示了出来。以手工艺品为主，记得有好几个镶螺钿的漆盒子，成叠成套的，内中还装满了好吃的小果子和点心，可以想见做主人的是经过很精心的策划，才举办得如此热闹、有趣及雅致。

我们几个步行团的朋友，特别受到照顾和另眼看待。沈先生领我们到他的书房之中，又从书架上抽出了一本沉甸甸的洋装书递到我的手上，笑容里透露出：年轻人别得意，看看云南的高原风光！

在他的开幕致辞中，就要言不繁地说到云贵高原的蕴藏丰富，事情大有可为，而且士大夫阶级，一向都知道老百姓缺少的是什么，却不知道他们“丰富”的是什么。

这是他的口头禅，因为他出身湘西凤凰，最知道民间语文丰饶之可贵。我才打黔滇大道上步行过来，对苗人的朴质单纯有深刻的感受和领悟，正想在边疆高原上有所展拓，所以对他的泥土气息芬芳的提示特别深刻。

打开他塞给我的那本好书一看，这是洛克博士的精心之作，它一下子就吸引住了我，世界上竟有这样美丽的山川吗？北宋的李营丘他可曾见过？我正好去走上高原开它一个雪山宗派！再看下去，贝叶经上一片片小狗小猫的涂鸦之作，原来雪山下的纳西民族还在使用着象形的图画文字，这更有妄想可打了。汉朝的许慎不是有《说文解字》的大书吗？他也是黄

丽江坝子和玉龙雪山（洛克摄）

河大平原上的河南人氏嘛！

真是少年气盛，不知天高地厚，我在沈从文老师的书斋之中，已经大做其高原上的白日之梦。后来的纳西族的象形文字字典，就是从这个美丽的梦中编织而成的。

古人说：人有善愿，天地必从之。我这个梦既不争名又不夺利，却只是一片天真心地，要到横断山脉去做艺术垦荒的工作，或绘画，或著书，可以说是有益无害的正念，于是在昆明一地各方面的赞助一齐涌来，还真有应接不暇之势。

首先是，从郑颖荪先生处得见到所谓的纳西族象形文字经典，他是以边疆民族乐谱的假设而收集来的。因为郑先生是中国古琴的国手，他乍到云贵高原，触目皆是新鲜，便把这种三行横行的细长书页当作了乐谱。但是他对我展现的时候，却告诉我说：边疆之大，无奇不有。犬马牛羊竟是文字而不是乐谱，你们年轻人腰腿健壮，事情真是大有可为！

纳西族象形文字经典

记得后来在台湾，有一天艺专同学郑曾祜兄忽然见访，手中拿着这一批宝贝交到我手上，说：父亲大人临终时光，交代要把这批材料交给你！数十年前尘往事，一齐涌上心头，我流下了眼泪，高原之梦竟然由昆明流注到了台湾，我恭谨拜领之余，如今年届耄耋，竟不知道如何安顿这一批长者之厚赐，真是有负琴剑厚托了。

不仅此也，学校迁到了昆明之后，校长滕固先生对边疆艺术慧眼独具，颇想对南诏的宗教艺术有所探讨，因为他是《唐宋绘画史》的著作人，在德国留学时就对中国艺术史胸怀大志，如今身在苍山洱海旁边，就想到要派人前往试探一番。

我立刻就约下了两位好友，计划了一条考察路线，由昆明而大理而丽江，名之曰“边疆艺术考察计划”，由邱玺学长负责图案、俞鹏负责音乐，我则负责图画文字，向学校提出了经费补助的申请。

滕固校长对这项申请十分重视，把我们叫去详加讨论了一番，还加上不少他个人意见的指示，临出门时又把我叫住，对我说：董作宾先生是我的老朋友……对啦，他也是河南人，你去中央研究院拜望他一回，看他有什么见解，龙头村在乡下，这里有他的地址，你不会嫌远吧？

那时候年轻力壮，二三十里路不在话下，次日我就拿着速写本子一面哼着歌就到了松花坝，还在龙头村口画了一帧速写，就见到了这位当代闻名的甲骨文专家。

他才从天文研究所高平子先生处回来，在那里他们核定了一个商朝日食的正确时间，历史与天文密合无间，心下得意非常。听到说我要到丽江去，便告诉我那里有一种图画文字，很有供甲骨文做参考的价值，因为甲骨文在文字发展史上已经很成熟了，许多字源都迷失遗忘，正好可以用纳西族的图画文字来做参考资料。

我对着这位古文字学大师，意气飞扬地打下了包票，因为我会“图画”，艺术学校的六年基本训练，虽不能画山是山、画水是水，但是我心下笃定不疑，一定能画鸡是鸡、画狗是狗，绝不至于“画虎不成反类犬”也。

大约也正是我这股笃定不疑的“莽撞”之气感动了董先生，他进城时就把兹事大有可为的说法传递给了滕固校长。记得是两个礼拜之后，学校就批准了这项计划，而且随即拨下了经费催我前去支领。

事到临头，邱玺和俞鹏两位学长都因事故不能前往，校长把我叫到办公室，仔仔细细地交代了一番，临走时，说道：他们不能去，这经费全归你，可以多做一点工作，希望这是一个良好的开始。

谁说不是呢，我便如此这般，以昆明为基础，由此展开了象形文字之旅，结果写出了纳西族的两部字典；也展开了玉龙大雪山之旅，结果是写成了西南游记多篇，图文并茂地记载下了抗战时代的祖国河山，总算没有辜负西南高原上的文艺之行，也算是对高原文艺社及沈从文老师有了一个小小的交代。

难忘的1938年（李浴①）

李浴教授（摄于1990年）

我原是北平艺专1935 年入校的西画班学生。七七事变后，我回到了家乡。在北平沦陷的混乱中，校长赵太侔率同一部分老师和同学逃了出来，先在江西庐山暂居，又在武汉招了一次新生，最后到了湖南沅陵，借得沈从文先生在南岸老鸦溪的一处宅院为校舍，才算安定下来。我是经过一段逃难流亡生活之后才到沅陵的。学校安定伊始，一个主要任务是宣传抗日。校长赵太侔本是在美国学戏剧的，所以对演戏很热心。他的夫人俞珊又是一位对京剧、昆曲，青衣、花旦都精通的名票，所以到了沅陵就演出了《新雁门关》，一时轰动了这座江城。1938年初，杭州艺专也辗转到了沅陵，两校奉命合并，易名国立艺专，原来的校长制，暂时改为委员制，除了原来的林风眠和赵太侔两人外，又增加常书鸿一人。按说两校患难相遇，合并后也能增强实力，本应同舟共济相安无事，可是由于派系权力之争，却掀起

① 李浴（1915—2010），美术史论家，鲁迅美术学院终身荣誉教授。

了一场风潮。后来北平艺专的学生曾到沅江之中称为“河上洲”的小岛子上住了一段时期，其间有一些老师曾到小岛上看过我们，沈从文先生本不是艺专老师，却也在其中对我们表示慰问之意。我就是在那次认识沈先生的。先生的平易可亲给我很深的印象，所以在1949年后，（20世纪）50年代初，我在工作上也敢于求助于他并得到了他的热心教导和帮助，受到了很大教益，这是题外话，不细说了。

由于赵太侔离校去了重庆，林风眠回校任了校长。学潮平息了下来，也正式上课，学校算是步入正轨。不久教育部派来滕固任校长，林风眠先生也走了。从此学校又恢复了一长制。这时有一部分同学和老师离校走上革命道路，北平艺专的王曼硕老师和孙野、李黑同学，就是在此时去延安的（在庐山时期已去了几位）。

我们毕业班西画组的主任导师是常书鸿先生，同班中只有我和姜聚成是北平来的（原有一男三女都在正式上课前去了重庆），其余李霖灿、冯永信等五人都是原杭州艺专同学，大家相处还好。只有一位同学好像有些不太融洽，特别是在画风上与常先生的不同，又不愿意接受常的画法，所以只能是各干各的，但也没有发生什么不愉快的事。我因为在班上和学校内有不少同乡，像李霖灿、冯永信和音乐系的张子瑜还都是河南开封师范的前后期同学，所以接触较多，课余也常一块在沅江游泳，因此生活还是很有乐趣的。

这一期的毕业创作，我画了一幅《日军暴行》的油画，内容是一个日军驱其军犬噬咬绑在树上的半裸妇女的情景。由于我的油画不大高明，而且创作时间也短，自然画不出什么好作品来，但这幅画也当作宣传画挂到沅陵公园去了。

在此期间，还有一个见闻，也想说一说。那就是曾看到有一个头戴大斗笠、坐黄蒲团、乘舟在江心垂钓的人，问及同学知道是被囚禁于凤凰山的少帅张学良，听说林风眠校长曾去拜访过他。他的凤凰山寓所，墙壁全是黄缎糊裱，生活水平当然是比一般人高多了。可囚禁也只能使英雄气短，经常在江中垂钓自然是为了解愁消恨。我想不会有“沧浪之水清兮，可以濯吾缨；沧浪之水浊兮，可以濯吾足”的心情吧！

大概是月初，校长接到湖南省主席张治中的来信，说是7月至9月在南岳市办学生军训，并要学校在毕业生中选九名可以演戏的做戏教官。于是学校在原来剧团内又办起了个训练班，我和几个应届毕业生就参加了进去。在李朴园教授、邱玺先生和后来又聘请的吴铁翼等先生的指导下，我们演了几个当时流行的话剧。我本来在小学、初中时就演过歌舞剧和话剧（当时俗称文明戏），以后一直喜欢戏曲，在北平课余也学过一年多的京剧和昆曲。但我这人自幼就片面理解运用“诸葛武侯得大意，陶渊明不求甚解”这句话，无论读书做事都是不认真，对课外的戏剧活动更是马马虎虎，所以也只能当当配角、跑个龙套什么的，这次参加了训练班，也仍是当不了什么主角的。但是这个活动倒是可以满足一下抗日情绪，也增进了和许多老师与同学的友谊。

6月底或是7月底，学校派我们九人：以徐正之为队长，其余是麦放明、殷晋德、李霖灿、张子瑜、张金亮、刘敦和、姜聚成和我，应约去南岳市报到。徐、麦两人是早期杭州毕业同学，更是演话剧的老手，殷晋德是应届音乐系的毕业生，但也是老团员，而且精通京剧的文武场面，其余六人算是新手。到了南岳之后，我们隶属于政治部，由上海来的一位电影演员任我们的领导兼导演，另有两位女士共十二人组成了一个剧队。说是指导学生的教官，其实完全是一个演出剧团。我们是中尉待遇，月薪四十八元（原六十元，国难薪八折），这当然比在学校六元的生活费好多了。在一年的流浪和困苦生活后有这样一个工作，当然也就心满意足。每天忙着排练和演出，无论舞台话剧、街头活报剧以及李朴园编的新平剧（京剧）《枪毙汉奸李服膺》都演了。这些宣传抗日的戏，对于当时的观众市民、驻军和学生，都起到了很好的宣传作用。但我们和领导之间，也不是没有矛盾，演技方面和思想作风方面都有些不大协调的问题。特别是当时是第二次国共合作之初期，我们这些初出学校门的书生，言谈并不忌讳。我这个头脑简单、有话就说的人，更不为领导所喜。麦放明是一位多才多艺的少妇，也爱高谈阔论，连解放区的传闻，她也能在民众中宣扬。在当时，已经是革命者的卢鸿基曾去过南岳，他和徐、麦都是老同学，自然会谈些解放区的消息的。《艺术摇篮》上有一张题为“毕业学生在湖南投笔从戎参加抗日”的照片，其实是我们和受军训的艺专同学在衡山脚下的合影，大概还是卢鸿基到南岳时照的。其中站在右侧穿白衬衣打领带的

南岳衡山上封寺云雾（李霖灿手绘）

人可能就是他。总之，由于种种原因，我们这些人，大都被认为是不大驯服的人，甚至有的还是不受欢迎的人。因此麦放明未满期就被召回了学校。其余也是结束即回了学校，他们原定集训期满后，仍留部队或省府组成一个宣传队的打算也为之打消。

在南岳三个月除这演剧工作之外，当然也有一些别的收获和乐趣。譬如瞻仰了南岳大寺这一宏伟建筑，目睹了朝香参拜者的虔诚举止以及体验当地的风土人情等。特别是一次登衡山观景是最令人难忘的。

衡山是我国五岳之一的南岳，到了山下岂有不登之理？这天同登的是李霖灿、麦放明、殷晋德、张子瑜、姜聚成和我，另外还有一位我忘了。三十里的山路，随行随玩，到了傍晚才到了山上名刹上封寺，作为下榻之所。知客僧把我们引入客房，房内正好有七个床铺，四壁书画，陈设雅致，知客僧也谈吐不俗，使我们大致了解到大刹情况和次晨观赏的景观。晚餐素斋也极可口，一日登山疲劳，至此已消大半。次晨拂晓，走出寺门向最高峰之祝融峰走去，中秋时节曦光微风，薄云拂面，已是惬人心意。当距铁瓦小屋不远之际，忽见一轮圆光出现在麦放明身后，她肩披纱巾，犹如南海大士降临，大家无不惊呼，这使我们知道原来宗教美术上所表现的那种圣灵光，也是有其自然现象为根源的。

之后，我们站在山巅等待日出。向下俯视，但见茫茫云海，团聚山腰，白如新絮，一动不动，这又令人有入太虚之感。继而只见一轮红日冉冉升起，光彩随时而变，直至金盘三竿、云消雾散之后，我们才回寺房。

由南天门看祝融峰（李霖灿手绘）

一朝看到三景奇观，确实不虚此行，早饮过后，付过每人一元之食宿费，才漫步返程。

回沅陵后，校长给了我们一个研究生的名义又继续留校学习，导师仍是常先生，这时正好有一个任务，给沅陵行署画一幅大壁画，题材自然是离不开抗日战争。这件工作由常先生和麦放明构图起稿，我和李霖灿、姜聚成做助手并负责准备材料以及壁面的处理工作。当时常先生要用湿壁画法，但意大利文艺复兴时期的湿壁画法，他只知道层层绘制而不知其详，更没有实践经验，我们就更不用说，又听说还有一种壁面和沙的办法，面积大了还得一方一方分割去画，总之毫无经验。须要先做试验，可是构图起草刚刚开始，我们的试验还没有动手时，出人意料地来了长沙大火的消息，接着学校就接到南迁昆明命令，因此这项壁画任务也随之告吹。

学校搬迁并非易事，计划分两步走，第一步先到贵阳。就是这样，也因交通工具、公路之短缺而日期难料。李霖灿向我提议安步当车，我同意后又有夏明、袁宏伟、许树勋、刘鲁也、杨德炜五人参加。这事向校长报告后，他十分赞成，并请行署写了步行宣传抗日的证件，路费加倍，每人三十二元。他还嘱咐我们沿途要留意文物古迹。因为他是一位考古学家，曾在河南安阳无意中发现一件不为人重视的文物古迹。可是我们当时这方面知识太可怜，也只有唯唯而已。于是以李霖灿为队长、我管财务的七人“徒步宣传团”宣告成立。

这件事学校师生都知道后，说我们傻的，称我们为勇士的，为我们担心的都有。当时的湘西贵阳公路，是有名的险途，乘汽车有时还遭匪患，何况步行。可是我们却不考虑这些，一意要走，行前邱玺特为我们绘制了团徽。启程那天，不少师生还敲锣打鼓送出山口，真有十里长亭欢送勇士之势。就这样，我们身背行装画具与宣传品，脚穿草鞋（只有袁宏伟穿着一双皮鞋）上路了。

第一天行程六十里，到了辰溪县城，至县政府取出文件说明来意。第二天由县政府帮助，举行了宣传展览，又在街上画了一幅宣传画。第三天想赶程继续前进，可是县长却让我们返回沅陵，原因是只要再走三十里，他就要为我们的安全担心了。三十里以外的沿途民团（都是土匪被收编的）是行署主任陈渠珍的反对势力，持他的证件不但无利反而更糟。同时在座的教育部社会教育司的一位官员也同样劝我们返回沅陵待乘汽车。但我们却不能同意，坚持原计划不变。县长见我们意志坚决，就为我们出了个主意，让我们去拜访一下住在城内的一位伍大队长，他是那段路程各站小队的头头，只要能开个路证，大概就可无虞了，我们当然照办。见到那位大队长后，真是绿林气十足，当即写了个字条，并让我们放心前进。

走出辰溪县城后，果然是三十里平安无事，可是再往前走，在盘山公路上出现了衣冠不整持枪巡逻的人。我们即被拦住检查，被告知说是检查汉奸。当我们取出他们大队长的路条，只说了声“自家人”就放行了，窃喜这字条真有效。可是由于这样盘查太多，三里一停、二里一站的，自然浪费了不少时间。到了午后2时左右才走到路旁一家小店里歇脚吃午饭。饭间就有几个人在店外张望我们，然后又走了回去。当我们饭后上路之后，远远看见一个距公路几里许的村落，这就是我们永不能忘的“寺前铺”了。

走了不远，只见一个面带凶相的彪形大汉（即是此地的小队长）和几个持枪的卫兵站在公路一边的台阶上准备要检查。我们赶快停下，递上路条，说明是大队长所开，只见他颠来倒去看了片刻，又思揣了一下，才挥了挥手，说了声“走啊！”就放了行。我们赶快前进，想再走十里到一个大的站口住宿，可走了不远，在一个上坡处就又被拦住，并且受到了详细的盘问和搜查。这次我的钱包（我们半数路费在内）和杨德炜的照相机险些被拿去。我们被他们强迫着又返回寺前铺，那位小队长命令我们住在路旁的一个小店茅屋里，以待明日派兵护送。这一次所见到的队伍之杂乱，小队长土大王之“威相”，住宿茅屋心里之恐惧以及次日有十人持枪“护送”，一路似囚犯之难堪，这些情况不能细谈。走了十里路又到一站时，好话说了千千万，送上五元钱，才算被移交给下一站。虽然这一险境总算过去了，也不能不感谢那个路条的神威，但又觉前途可怕，如果每日里五元买路钱，恐怕湖南也走不出去，遑论贵阳。可是这担心也是过虑了，此后却一站一站情景好转了，特别是最后一站，不但送钱不取，还被当作“委员老爷”保卫护送，真是前后形同天渊，令人啼笑皆非。

进入芷江县境后，我们不再需要护送，以为以后可以完全进入坦途，其实不然。当到达芷江县城住了两天，照旧地工作和休息之后，我们和本校押运图书的李朴园教授以及几位同学相遇，同天早上由芷江出发，临别还挥手说了句：“贵阳见！”走了十里忽见前面军车列队停在路上，车上架起机枪，如临大敌，忽有一女同学从车上下来跑来告诉我们，说是前面出现土匪，学校汽车被土匪抢劫，我们一时不知所措，随即听说前面有一团步兵开赴晃县[1]，可以赶上作为保护，行军很慢是为了边走边加警戒，所以我们能够追上，夹在两列之间同行。有一条小道，两侧山势壁立，树林繁密，正是匪患之处。尽头转弯之处，忽见开朗，一边小河流水，隔岸有数间房屋被焚，余烟未尽。路旁标杆上挂着两颗血淋淋的人头，路上纸片满地，这就是土匪劫后的现场，看了令人惊心。后来才知道焚烧房屋及被砍之人头，乃是土匪逃走后的官军所为。我校只有李朴园教授被脱去衣服，害得他连惊带冷，到贵阳病了一个多月，我们倒是有惊无险地过去了。

此后行程不需细说，有赏心悦目的如画山水，也有千奇百怪的溶洞。欣赏了苗女的衣着和染织艺术，也目睹了贵州境内如谚语所说的“天无三日晴，地无三里平，腰无三分银，人无三分情”的实情，看到了玉屏县[2]城内无数贞节牌坊的奇观，也算是尝到了“行万里路”的真谛和收益了。

行程一月来到了贵阳，这时学校师生也已陆续到齐。又住了一个月，我和姜聚成忽然产生了去重庆找工作的念头，乃于1939年2月初离校去

① 晃县，现为新晃侗族自治县。

② 玉屏县，即玉屏侗族自治县。

渝，从此结束了我的学生生活，又投入另一社会行程了。行前买了一本纪念册，请一些老师和同学赠言留纪。现在摘印几篇附后，也许能多一点情趣。

之一

子青学长：

使我们千万同胞无家可归，到处流浪的，是谁？是万恶的日本帝国主义！我们要重建故乡，只有大家团结一致，把日寇赶出。希望老兄处处为国家民族努力迈进，理想的将来一定会实现的！

1939年2月2日

步行同志夏明在筑临别前夜赠言

之二

浴兄：

事实俱在，你是有极渊厚的含蓄之力——一直到现在，你还未曾真的动用它。我知道你是等待一个合宜的时候。

我们将永远是朋友，而且我们已经共同在衡山做相关的工作，彼此之间已有较深切的认识。—— 以后呢？我们也许仍要在一条战线来工作。假如离开的话，我相信我们是不会失去联络的。

由沅陵至贵阳的徒步旅行，是我们一生间很可珍贵很可纪念的回忆。我们有一个月是旅伴，每天向同一目标前进 —— 这个我们是不会忘记的。你买来一本纪念册，要我写，我预先觉到一种不幸，也许我们是快要分离了。再说一遍，请千万不要失去联络。

霖灿顿首

编后语

甲骨文大家董作宾先生生前在台北《自立晚报》“学术之林”专栏上曾经写了一篇很有趣的短文——《新瓶旧酒》[①]，讲述一个观念：集古文字，作新篇章！在这篇短文中，董先生谈到了他是如何把这种文法古奥，文义艰涩，原是用于求神问鬼，占卜打卦的甲骨文字，写成了温润典雅却又新意盎然的联语诗文、屏幅梁楹，受到欢迎与喜爱，一跃而登上了大雅之堂的过程。酒还是老酒，但是装进了一个新的酒瓶，于是一池凝滞的陈水变成了一潭甘洌的清泉。

《黔滇道上》是八十年前我父亲还在学生时期写的一本小书，多年来，一直有朋友催促我把这一本以抗战逃难为背景的书重新付梓出版，但是一直都在犹豫没有这样做。主要的挣扎点就是：我没有想清楚如何能把一段陈年往事，放在今天这么一个连月亮星星都想摘下来的新时代里还能反映出什么样的意义？这个步行的故事在今古之间有没有明显而又有意义的关系？如果有，那么这伏脉千里的草蛇灰线又在哪里？总觉得如果只是一个单纯的重印版，除了在版权页中记录了新的出版的时间以外再也看不

① 《新瓶旧酒》原载《自立晚报》（1949年12月17日）“学术之林”专栏。

到任何“白衣苍狗多翻覆，沧海桑田几变更”的岁月流痕，那么这一本“旧版的新书”在我看来就觉得意犹未尽，有些不足。这就是我一直把这本书留中不发的原因，主要的就是找不到这本旧书能呈现的新意义，按董先生的讲法，就是还找不到这只新酒瓶来装旧酒。

2004年台北历史博物馆举办了一个“李霖灿教授学术纪念展”，在发行的专刊中有一篇是鲁迅美院李浴教授写的《难忘的1938年》，文中讲的就是当年北平、杭州两个艺术专科学校在湖南沅陵合并成为国立艺专的经过以及后来组织了徒步宣传团从沅陵步行经过湘西到贵阳中间发生的事。李浴教授是我父亲在开封师范，后来又在国立艺专的同学，也是当年步行团的七位[1]同学之一，晚年在两岸可互通信息以后，彼此鱼

1938年在沅陵老鸦溪畔。前排左起：王正德，林风眠校长。二排左起：李霖灿、张时敏、张接祥。后排左起：罗宝珊、冯永信

① 七位步行同学是：杨德炜、许树勋、夏明、李霖灿、李浴、刘鲁也、袁宏伟。李长白先生后来加入由贵阳出发步行至昆明的旅程。

雁频频，共话白头。无独有偶，在我父亲晚年所写的遗稿《步行湘黔的惊险》中也同样地讲述了他们这段旅行所遭遇到的事情。

2017年4月我去参加浙江宁海潘天寿先生的120周年诞辰纪念活动，在展览会中看到了许多当年国立艺专在抗战中暂驻足在衡山湘水的沅陵时期的照片，有林风眠校长、潘天寿先生，也有其他教授和学生们在沅水河边的合影，这些照片冻结了时空，也标示了这里就是这个步行故事的源头；而环顾周遭，此时潘先生已然辞世近半个世纪，当年在楚云湘水的杭州艺专也已改为中国美院，真可说是白云千载，世事苍茫，但细细思之，人间即便已是如此，然潘先生的千古高风仍为大家感念，可见荣枯虽是无常，扬尘仍可见日，这个体认让我觉得应该重印此书，让这些曾经的人与事都重新进入大家的视界，了解那伟大的时代。

《黔滇道上》这本书的故事是这样的：1938年随着抗日战争的战火向西蔓延，学校也不停地往西南后撤，诉不尽的国仇家恨，掩不住的爱国热忱，激发了七位满腔热血的学子有了沿途步行宣传抗日的想法，于是他们放弃了搭乘交通工具而选择了步行西迁，在途中绘制宣传壁画，发表演说，唤醒民众，让他们了解我们国家正在生死存亡的关头，人不分男女老幼，地不分东南西北都有守土抗战之责，就这样一路燃烧着爱国的火苗一步一个脚印地往黔滇大后方走去。

李浴先生的这篇文章让我想到，他们这段曾经在青春洋溢的岁月中发生过的精彩往事，在后来到了耄耋之年时又是如何来回忆的？他们离开学

国立艺专同学在沅陵。后排左一站立者为李霖灿，左二为李浴

在步行途中李霖灿所绘的宣传抗日的壁画草稿

校后来又都有些什么样的遭遇？这些想法多年以来一直萦绕在我的心头，未曾忘却。2010年5月我去沈阳看望李浴先生，向他面致多年来关心我父亲病情的谢忱，当时他已病重住在医院，身体非常羸弱，但是当我们谈到沅水之滨，步行丈量西南江山及他在敦煌的往事时，我看到他眼睛里闪出了光芒，这终究是人生中最为珍贵的一块啊！在我去看望他一个月后，李浴先生辞世于沈阳。

2016年10月，我在南京见到另一位徒步宣传团团员李长白先生的哲嗣李小白先生（此时长白先生已经逝世十一年矣），送了他一张当年他父亲李长白先生、夏明先生和我父亲三人步行团的照片，小白先生也谈到了1993年6月25日随着他父亲李长白先生一起在台北故宫博物院与我父亲见面的往事。

这是我父亲那天的日记：

1993年6月25日　癸酉鸡年五月六日　星期五

外双溪阴　下午小雷阵雨

黔滇道上的朋友，李长白，阻隔了五十年之后，今天忽然在博物院门口相会，真是世事多波澜，相见如梦寐！一握手间，真不知从何说起。

历尽沧桑，他是南京艺术学院的“开国元勋”，我则是故宫博物院（注：此为台北故宫博物院）的“元老重臣”，他画工笔花鸟画，我钻研中国美术史，如今二人都已退休，他七十八，我八十，都垂垂老矣，幸亏二人都很乐观，有足多者，所以握手言欢，彼此都笑开了怀。

我约他——少白和他的兰溪同乡张弦先生一同到博物院四楼去喝乌龙茶，谈一谈昔日学校师友往事，顷刻之间时光飞逝，我们就在博物院分手，完成了五十年两岸之间的相逢高会。

1990年6月25日李长白与李霖灿相隔五十余年后在台北故宫博物院三希堂再聚首共话当年

李长白先生与我父亲之间的互动除了这一次的会晤以外，还有许多书信往来，其中一封1990年的信中李长白谈到了当年“三剑客”步行黔滇道上的往事：

……人生过得真快，当年背着行李，穿着草鞋奔走在西南高原上情景，一一在目，高山荒草中的烽火台、鸡鸣早看天、未晚先投宿的山野茅店、少数民族的赶集、路上卖糍粑的老妈妈、黄果树的瀑布、清溪洞、火牛洞的奇景、红崖碑的怪字……至今不能忘怀，然而当年的青春少年，而今已是衰年日暮，当年的师友，有的在国外、有的在边塞、有的已仙去、有的悲伤、有的……真是人生如梦，万事难知，像我们老来能平静生活，能做一点自己爱好的工作的，我看也是人生的乐事，想兄亦有同感！

另外在信中还附上一首《移居自叙》五言，论其晚年平静的生活：

移居古平岗，周围多绿林。春有鸣禽起，秋多知了吟。

迎阳抱太极，日暮伴妻行。无聊亦读书，情足始丹青。

桥棋乐其变，下子便忘情。弹琴无曲调，吟铙独自听。

写诗乏平仄，得意却忘形。任性守刚拙，才无巧与机。

我行心自乐，莫论他人议。夭桃艳其色，幽草独抱青。

人生求无愧，老来贵安宁。依枕逍遥游，凭栏礼白云。

另外一位从沅陵步行经贵阳到达昆明走完全程的是前面提到的夏明先生，他保留了唯一的一张当年三人步行的照片。夏明先生1933年进入国立杭州艺专，在抗战期间也在西南的丽江、维西、宁蒗一带从事艺术研究及民族调查工作，并在国立丽江师范学校校长宗亮东先生的延揽下在该校任职，对西南边区的艺术研究有很大的贡献。最为令人敬佩的是在抗战胜利后，他筚路蓝缕，以启山林，赴木里藏族自治县创办“国立西康木里学校”，推广中华文化。当时这个学校的地点是设在木里大寺的旁边的空地上，是一所新式教育的学校，学生的教材、制服等完全由校方免费供应，可惜的是这种新式的教育制度受到地方保守势力及僧侣的排挤，1949年前夏明离开木里回到大理下关任教，1988年回到故乡连云港安度晚年。令人较为扼腕的是2009年当我历尽辛苦，千里跋涉来到木里想找寻大寺边的学校旧址时，眼前所见已尽是荒山杂树、衰草枯杨，根椽片瓦荡然无存，兴建宏伟的大寺中既无只字片语以记，僧侣亦无人知此杏坛往事。

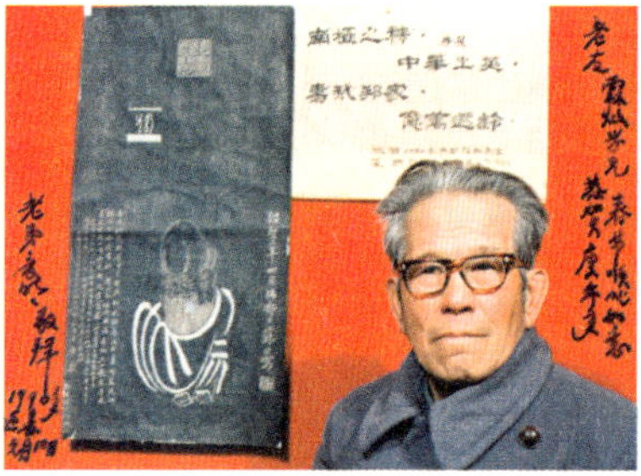

夏明晚年寄给同窗李霖灿的照片。李霖灿在照片后写道：老夏这帧照片充分表现了他那“杠子头”倔强刚毅的个性精神

1946年夏明在木里大寺边创建国立西康木里学校（蒲定嘉先生照片）

当年这些风华正茂的同学少年中，与夏明同时被宗亮东校长延揽入丽江师范任教职的还有一位步行团的同学刘鲁也先生，他是艺专在昆明成立“高原社”社歌的作词者，不但善于作画雕塑，更精于作曲作词。也是在两岸开始可以互通信息时，刘鲁也便与我父亲取得了联系，这是他第一封信中附上的一首词：

鸿雁天外来，故人情如酒，老笔几字疏落，件件往事上心头。高谈阔论依稀昔日，脚踏三山五岳，胸怀大洋洲。　到如今，老夫耋矣，巨风骇浪天翻地覆，滋味又曾尝个够，丝丝怀念，点点离愁，恰似那，重重叠叠浓浓淡淡风风雨雨山之秋！

这首词的最后一句显然是应和我父亲曾经在1939年2月8日过下云关时赠给他的一首词中的一句：“辜负了，这叠叠重重浓浓淡淡山！”

两诗对照，屈指一算，竟然已过五十星霜，叹世事如黄粱一梦，咏诗情若历久常新，真是人生苦短情义长，绿荫寂寞汉陵秋！

刘鲁也先生善诗词，另有赠词三首，情文深深，字字珠玑，读之感人肺腑，珠泪盈眶，因而一并披露于下：

（其一）

年少不知愁，兴高采烈正风流。惜春去时总是春，怕秋来时总是秋；何曾识兜鍪，雄心壮志扮赳赳，十万八千风和雨，盼春来时春不留。

（其二）

西山枫叶红，栖霞枫叶黄，同是飘零隆冬去，拼将丧服作艳装。北国骚客把盏，南国粉女扬扬，倾心作态共观赏，滴滴枫叶泪，层层叶上霜，秋风飒飒话沧桑！

（其三）

雷峰情长，西湖梦短，忽然一别两鬓皤（pó）。艺海有史篇，雄鹰展翅天外天，一旋一回首，频频望中原，海内颠倒，海外倒颠，滋味浓淡总难辨，往事随风飘，无可奈何逐滔滔，问君何所有，满腹皆是草！

这就是《黔滇道上》的故事，当年同是艺专学生的吴冠中先生晚年在一篇《出了象牙之塔》文章中对这几位学长丈量祖国西南河山的壮举有这样几句话：

大轰炸促使学校更迫切地迁往昆明，有几位勇敢的同学，如李霖灿和夏明等，他们决心徒步进入云南，步了徐霞客的后尘，也可以说是艺术宫里青年学生深入生活的先锋。

书中的人物都是吴先生的砚友同窗，当年都是才华横溢，青春光芒，对自己的前途充满了理想与抱负，大时代的脚步让他们大步勇敢地走出了象牙之塔、艺术宫殿，走进了现实，走进了人间，也走进了扑朔迷离的人生命运。

到了步行的终点站昆明以后，大家就各分东西，奔赴前程，自寻山门，只是天行有常，以后的遭遇是天涯海角，穷山康庄，都各有造化，难以由人；但令人惊叹的是在几经雪雨冰霜，在龙眉皓发、桑榆晚景之际，彼此仍能不改初衷，共话桑麻，真可以说是昔日一别几度秋，迟暮西斜共残阳！这种彼此之间的情怀历久不衰，既没有随着时间的消逝而物化，也没有随着环境的改变而淡化，这不就是一种真真实实的不朽吗？而我深深地觉得这个“立情”的不朽，应该是比功利主义浓厚的“立德、立功、立言”的三不朽，更能让我们易于接近，更能在心灵的深处感动我们。写到这里，我体认到了这风前月下，天涯海角联结其间就是一个“情”字！

于是把这些多年以前的故事、诗篇、关怀、感慨一股脑地都装进了这个“立情”的新酒瓶里了！

旧酒新瓶，观之，新意盎然；闻之，开樽扑鼻；饮之，浓醪醇厚！

2018 岁末天寒

在中

出版说明

《黔滇道上》收录了中国民族学学家、艺术史学家李霖灿先生在1940年前后写作并出版的关于他年轻时从湘西步行到云南的作品及日记。书中不仅收录了1940年出版的《黔滇道上》，还收录了李霖灿先生在当时步行的日记、以及根据此次杭州艺专“边疆艺术考察团”所写的部分调查报告等多篇相关文章。在还属于手抄的著述年代里，每个字都经过李霖灿先生精琢细磨之后所拣选的，为保存作品原貌，给读者提供一个可靠的版本，本书对作品中涉及的专有名词与当时的地名不作更动及统一，对作者的写作习惯和遣词风格，不进行现代汉语的规范化处理。

提请读者特别注意。

北京出版社

图书在版编目（CIP）数据

黔滇道上 / 李霖灿著 ；（加）李在中编. — 北京：北京出版社，2021.3
ISBN 978-7-200-15023-0

Ⅰ. ①黔… Ⅱ. ①李… ②李… Ⅲ. ①日记—作品集—中国—现代 Ⅳ. ① I266.5

中国版本图书馆 CIP 数据核字（2019）第 096312 号

总 策 划：安　东　高立志
项目统筹：司徒剑萍
责任编辑：司徒剑萍
责任印制：陈 冬 梅
装帧设计：林 海 波
责任校对：韩　莹

黔滇道上
QIAN-DIAN DAOSHANG
李霖灿　著
［加］李在中　编

出　　版　北京出版集团
　　　　　北京出版社
地　　址　北京北三环中路 6 号
邮　　编　100120
网　　址　www.bph.com.cn
总 发 行　北京出版集团
印　　刷　北京华联印刷有限公司
开　　本　880 毫米 ×1230 毫米　1/32
印　　张　9.375
字　　数　192 千字
版　　次　2021 年 3 月第 1 版
印　　次　2021 年 3 月第 1 次印刷
书　　号　ISBN 978-7-200-15023-0
定　　价　98.00 元